（韩）南仁淑 著 （韩）金光浩 绘 胡晓威 译

漓江出版社

桂图登字：20-2010-307

图书在版编目（CIP）数据

妈妈不在的日子/(韩) 南仁淑著；胡晓威译.
—桂林：漓江出版社，2012.4（2020.7重印）
ISBN 978-7-5407-5586-7

Ⅰ.①妈… Ⅱ.①南… ②胡… Ⅲ.①长篇小说—韩国—现代 Ⅳ.①I312.645

中国版本图书馆CIP数据核字（2012）第023651号

妈妈不在的日子 MAMA BU ZAI DE RIZI

著　　者　(韩)南仁淑
绘　　者　(韩)金光浩
译　　者　胡晓威

出 版 人　刘迪才
责任编辑　周群芳
责任校对　徐　明
装帧设计　古涧文化
责任监印　周　萍

出版发行　漓江出版社有限公司
社　　址　广西桂林市南环路22号
邮　　编　541002
发行电话　0773-2583322　010-85893190
传　　真　0773-2582200　010-85893190-814
邮购热线　0773-2583322
电子信箱　ljcbs@163.com　微信公众号　lijiangpress

印　　制　三河市腾飞印务有限公司
开　　本　720×980　1/16　　印　　张　12.5
字　　数　75千字
版　　次　2016年9月第2版
印　　次　2020年7月第9次印刷
书　　号　ISBN978-7-5407-5586-7
定　　价　33.00元

序 言

做了妈妈以后，我才意识到母亲对于孩子是何种存在，如今三岁大的小女儿刚开始学说话，每天差不多都要喊“妈妈”一百遍以上。

对于孩子来说，妈妈就是整个世界，整个宇宙。

妈妈离开了英宇，英宇用整个心思念妈妈。写故事时，我的心很多瞬间都在痛，即使生活在这个冰冷的世界，仍有许多人爱着纯真的英宇。

我也认识一个像英宇一样暂时失去了妈妈的小孩，隔壁邻居的晾衣绳上飞扬的衣服不见了，听说是女主人离家而去了。

虽然只剩爸爸和孩子两个人，但小孩的生活似乎与之前没有变化。家中仍然经常有同龄小孩的吵闹。每天下午照样传来“爸爸！我回来了，请开门”的底气十足的童声。

几天前，我遇见一位和隔壁女主人关系不错的大姐，那位大姐还不知道孩子的妈妈已经离家而去，在路上还与那家孩子亲切地打招呼。

“哎哟，看这是谁啊？最近怎么样？你妈妈过得还好吗？”

孩子的脸沉了下来，就像一阵狂风把乌云卷过来凝固在他的脸上一样。这个画面让我震惊，深深地印在我的脑海里挥之不去。之前我还在心里暗暗责怪他怎么一点都不想妈妈，还过得那么自在。

在这之后，我都尽量小心翼翼的，不让小女儿叫妈妈的声音传到外面。我迟迟才明白，思念妈妈的那种感觉，就像在孩子心底刮起凛冽的寒风一样。

我不想安慰那孩子说“没有妈妈也可以一切顺利并茁壮成长”，任何人都代替不了妈妈在孩子心中的位置。我盼望读了此书的孩子或是大人，都能回头去审视一下自己的周围，肯定还会有正在和思念作斗争艰难成长的孩子。哪怕是一次默默的拥抱，对他们来说该是多么大的力量啊。

希望这个世界更加温暖，让失去“妈妈”这床被子的孩子将不再感到寒冷。

南仁淑

2003年

目 录

1. 糊纸袋的小男孩

星期三下午第五节课。

明明是上课的时间，但六年级一班的教室里却像课间一样吵闹声一片。虽然隔壁班的老师已经两次过去提醒他们不要再闹了，但没过五分钟，墙那头必定再次响起一片吵闹声。

显然，过一会儿隔壁班的老师还会过来大声地呵斥这些学生“你们这帮家伙，就不能安静点儿吗”，但是没有老师的课堂，俨然就是学生们的自习时间。

由于班主任老师突然移民去了国外，于是全校只有这一个班，每个星期里会有两天没人管，其余的时间也都是其他老师轮班代课。

班主任去国外已经有一个月了，但是到现在还没有新任班主任要来的消息。这个小村子里连个像样的电影院和百货商场也没有，年轻的老师当然也不是很多。不过这种情况正是学生们所期盼的。

学生中有一个不太合群，常常一个人专注地鼓捣着什么东西的另类，这便是在韩松小学六年级学生中被称做“糊纸袋男孩”的英宇，此刻他正把裁好的纸整整齐齐地摞成一摞，饶有兴致地做着什么。

“这就是卖烤糖饼或是烤地瓜时用来装东西的纸袋吧？”坐在英宇前排的是秀灿，刚刚和同学们结束赢铅笔游戏的他很无聊地与英宇搭讪道。

“哇，是GOD[①]！”秀灿突然拿起一个纸袋子开始欢呼起来，他从做这个袋子的旧杂志上发现了人气歌手的照片。

“英宇，这个袋子送给我吧。”秀灿看着袋子上的照

① 1997年组建的一个韩国歌唱组合的名字。

片对英宇央求道。

“这可不行，这袋子不是我的。”

“又不是什么贵重的东西，就给我一个吧，行吗？”

这个要求让英宇很为难，要是让纸袋店的大叔知道袋子少了，不仅手工费会减少，还会被他数落。

“真的不行吗？”

英宇一直没回答，秀灿见状嘟了嘟嘴，把刚才拿起的纸袋子又扔回到了桌子上。

“一个纸袋才多少钱啊！真吝啬，小气鬼！”看到秀灿生气后走掉的样子，英宇一时间也郁闷起来。吝啬、小气这些词汇久久地萦绕在他的耳边，挥之不去。

“一个纸袋才多少钱啊！”

一个纸袋的价格是20韩元①，就像秀灿所说的，并不是什么大钱，但英宇糊一个纸袋才能挣2韩元，给秀灿一个，那么就意味着还要多糊10个。

---

① 实时汇率为：1韩元=0.005646人民币元。20韩元相当于人民币1角钱。

英宇放学后一溜烟地跑回了家。今天是把一周所糊的纸袋都交到大叔手里并领取工钱的日子。英宇从储藏室里把偷偷藏好的成捆的纸袋拿了出来，这次的纸袋真的好多，足足有6000多个。英宇用手推车将纸袋装好，推着车直奔“笨笨”的奶奶家了。

奶奶三年前给英宇介绍了这个糊纸袋的工作，这当然是和英宇的软磨硬泡有关，谁舍得给这么小的孩子这么累、这么烦琐的工作啊！英宇飞也似的一路将车推到院中，把车随便一歪，整个人已经大汗淋漓了。

“汪！汪！”院中的“笨笨”摇着尾巴先向英宇打起了招呼。

“是英宇来了吗？”奶奶轻轻地推开门问道。

“干吗这么着急，还跑着过来！推着这么沉的东西，累了吧？”

英宇一边用袖子擦着脸上的汗一边笑着说：“不累，我得抓紧时间回去照顾店铺，太晚的话新妈妈又该收拾我了。”

奶奶用充满怜爱的眼神看着还在喘粗气的英宇，说道：“要不这样吧，我先把钱给你，快回店里吧，免得你

妈妈说你……我来数数，一捆500个，总共12捆，那应该是6000韩元。来，这是钱，你拿好了。”

“谢谢！”英宇接过钱后转身就跑着回去了。

奶奶是个心地非常善良的人，虽然她也在糊纸袋挣钱，不过因为英宇每次都是来去匆匆，奶奶就先从自己仅有的一点钱里先拿出英宇的一份给他——原本奶奶是可以等到和收纸袋的大叔结完账以后再把英宇的那份给他的。而且苛刻的店老板每次都从英宇做的纸袋里挑出不合格的，但英宇从来不知道总是奶奶在替他赔钱。

英宇的继母明明看到英宇已经跑得满头大汗，但仍呵斥道：“怎么回来这么晚？别的孩子早就放学回家了！”

“今天我值日。”

“没听清，说什么？”继母喊道。

“我值日……”英宇的声音像蚊子一样小，在凶巴巴的继母面前，英宇一直是这样连大气都不敢出。

“好好看着超市。”继母每次都要把家里巴掌大的冷清小店叫做超市，好像是害怕在别人面前说出小店的时候自尊心受损。每天继母把店交给英宇后就不知道去哪儿忙了，虽然她每次都说是“搞项目”，但村子里的大婶们都说继母是被类似于传销还是什么的给迷住了。不过不管怎么说，继母不在家，对英宇来说都是一件很惬意的事情——自己一个人在店里倒更舒服，还可以趁机糊他的纸袋。

2. 英宇上锁的存钱罐

咣当！哗啦！

爸爸和继母的房间里又传出一阵阵嘈杂的声响。

“天啊……你有话不能好好说吗？这么贵重的东西你怎么就给摔了，你疯了吧？”

英宇顺着门缝悄悄往里看，房间里到处散落着化妆品瓶子的碎片，而继母正蹲在地上一边哭一边收拾着。

“和你说过多少遍了，这种金字塔式的传销会把家里搞垮的！以后再拿这些东西回家，看我不打死你！”

“你懂不懂？这东西要是做好了就是个挣大钱的项

目，你反对的话怎么不给家里多挣些钱回来！”尽管爸爸铁锤般的拳头就在继母面前挥舞着，但她一点也不示弱。

“我没有给你赚钱回来吗？”

“从你嘴里说出来的那也叫钱？真是没法活了！我以前真是傻，竟然会相信你是有钱人，天啊……”

继母坐在地板上号啕大哭，爸爸好像很厌烦看到她这个样子，抄起外套就出门了，应该是好几天之后才会回来。

爸爸是建筑工地的工程车司机，常年在全国各地的施工现场工作，本来就好喝酒好玩儿的他，现在又可以拿继母吵闹当借口，把这次所挣到的钱花掉一多半再回来了吧。

英宇回到自己房间里紧紧地关上门，但还是能听得见继母的哭声。

自从继母向爸爸要传销所需的资金后，家里就吵闹不断，一刻也没有安宁过。

每每这个时候，英宇就很讨厌待在这个家里。

“难道爸爸就是想要过这样的生活，才把妈妈撵出家门的吗？”突然英宇心中涌上一股难以自持的悲伤。

英宇至今忘不了妈妈离开家时的情景，她抱着英宇哭了很长时间。

“英宇，妈妈赚到钱之后一定回来接你。”

“妈妈，别走！别走！”

才上小学一年级的英宇，根本无法想象以后只能和爸爸一起生活。在英宇的记忆里爸爸没有给他过过一次生日，只有在教训他的时候才能感觉到父亲的存在，每当英宇一淘气，爸爸就会拿笤帚或苍蝇拍狠狠地打他。

每当这个时候，妈妈会极力阻拦爸爸并用自己的身体护着英宇，然后往伤口上涂抹药膏。但现在没有了妈妈，英宇感觉好像整个世界已经结束了。

“英宇，你爸给了我点钱，我拿着钱做生意，赚到钱以后我们就不用再受苦了。”

“妈，不要，我受苦也没事，你别离开我！”英宇哀求道。

“英宇，我现在带着你在身边，连饱饭都喂不起你。”

“我只喝水不吃饭，带我一起走吧，妈妈！”英宇死死地抓着妈妈的手不放，妈妈一边流着泪一边扯开他让他放手，但英宇就像是在悬崖边上抓住了一根稻草一样，感觉如果稍一松开就会跌落悬崖。

妈妈也从英宇的眼神中读懂了英宇的心意，扯他的手停下来，紧紧把英宇抱在了怀里放声大哭。

“我可怜的英宇以后可怎么办啊，我的英宇啊……”

英宇就像吃奶的孩子一样紧紧依偎在妈妈的怀里，不过爸爸粗壮的大手还是一下子把他从妈妈怀里拽了出来，被爸爸举在半空中的英宇不停地挣扎着向妈妈挥舞着小手。

“妈妈！妈妈！”

“英宇……”

英宇在爸爸怀里挣扎的时候妈妈已经走远了，妈妈的眼睛已经哭肿了，仍不时回头望望英宇，这是英宇记忆中关于妈妈的最后一个片段。

妈妈走后的第二天，继母就到家里来了。刚开始的时候，继母对英宇还是不错的，又是给他做好吃的，又是领着他出门买新衣服，但是继母的这种温柔并没能持续太久。

继母与爸爸是在大邱的一个工地上认识的。不过，后来她发现英宇家的情况跟他爸爸之前描述的有很大差距，实际上是穷困潦倒，比之前在茶馆工作时还要拮据。结婚后继母再也买不起之前的那些化妆品和衣服了，为此继母一直非常郁闷。

爸爸经常要一个工地又一个工地地辗转往来，所以留在家中的英宇每天都要独自承受继母的粗暴和无理。今天她又和爸爸大闹一场，英宇必须做好明天一早来自继母对他的种种折磨的准备。

想到这些，英宇从抽屉里取出了自己保存很久的存钱罐。存钱罐上有把锁，所以只要有钥匙不用把存钱罐弄坏就能把钱拿出来，英宇把今天挣到的六千块钱统统放进了存钱罐里，心情才稍稍好了一些。

存钱罐是小时候妈妈买给英宇的，英宇从二年级开始

就往里面存钱了。

妈妈走后第二年的一个晚上，英宇起夜时听到了爸爸和继母的谈话声。

“日子太苦了，我们过得都这么难了，哪还有钱养孩子，英宇就让他妈妈带吧。听说她用离婚时拿到的补偿费做生意，日子应该比我们过得要好些吧？”

继母的声音刺进英宇的心里，英宇咽了一下唾沫，呆在那里不敢出声。继母一直把英宇当做累赘，这一点英宇早已经习惯了，但是听到继母这样说，心里还是有些失落。

只要能回到妈妈的身边就好，继母越不喜欢自己，对于英宇来说越是件好事。

“你知道什么！英宇他妈又能好到哪儿去？前段时间我还听说她交的保证金被人骗走了。”

“但孩子再怎么着也得妈妈带啊……那孩子整天想他妈妈，和我一点儿也不亲，这以后怎么一起生活呀？”

“你给我闭嘴！我就这么一个儿子，你让我把孩子送哪儿去啊？”

“你这么爱你儿子，那还跟我结婚干吗！你和孩子自己过不就行了！”继母怒气冲冲地嚷着，爸爸则不停地哄她。平时，爸爸的脾气是一点火就着，今天不知是怎么了，竟然没有发火。

“我知道你心里想什么，但那又怎么办呢？我现在要是有一百万闲钱的话，马上让孩子带着钱找他妈妈去。”

“呸，说一千道一万，说到底还不是没钱。”

继母和爸爸的争吵英宇全部都听到了。英宇知道，妈妈没带他一起离开是因为没有钱的缘故，现在也是因为没有钱才没法回到妈妈的身边。

那天晚上英宇一夜没有合眼，他心里一直想着爸爸说过的“只要有一百万就送英宇去他妈妈那儿”的那句话。

丁是从那时起英宇就开始存钱，虽然要想存够一百万可能需要很长的时间，但英宇并不在乎，只要想到能像从前那样每天回家看到妈妈迎接他的笑脸，即使需要存一百年他也愿意。

转眼间过去了五年，英宇还没能存到一百万，但是……再有三十万，只要再存三十万，他就终于可以攒够一百万了。

照这样下去用不了几年，英宇就可以达到目标了。虽然第一次听到一百万这个数字感觉遥不可及，但自从开始糊纸袋以后，随着手工越来越熟练，赚到的钱也越来越多，英宇现在只想早点去妈妈那里。

3. 小学生的赚钱之道

英宇一边糊纸袋，一边看了看手表，已经八点钟了。英宇每天在学校吃午饭，下午放学之后还要饿着肚子帮继母看店，直到继母来替换他，才能回去吃晚饭。

店里虽然也有食品卖，但是店小备货也少，偷吃的话会很快被继母发现的。之前，因为偷吃面包被继母狠狠地教训了几次。特别是去年夏天发生的一件事情，让英宇再也不敢碰店里的任何食品。

那是在初夏。那天的第五节课是体育课，因此午餐也消化得特别快。放学后刚到小店，英宇的肚子就开始咕噜噜乱叫，到了五点钟的时候已经饿得眼冒金星了。

继母没给英宇钥匙，英宇也没法放着小店不管而回家。左等右等也没见继母来，实在饿得不行了，英宇只好拿店里的豆沙面包充饥。他咬了一口，发现面包里的豆沙馅好像已经变质了——由于店里的东西很多都卖不出去，所以放着放着就变质了。

吃了个面包，英宇觉得不那么饿了，便继续坐下来糊他的纸袋。但过了不久，英宇肚子疼起来，好像还有些发烧，腹中已经是翻江倒海，明显是吃了发霉的面包的缘故。

“英宇，你脸色怎么了？哪儿不舒服？”继母这时正好回来了，看见英宇问道。

“没有没有，我没不舒服。”英宇虽然脸色苍白，但嘴上却对继母说没事。如果说难受，继母一定会猜到是偷吃了面包的缘故，英宇害怕被继母发现。

和继母“换班”以后英宇准备回家，但身上却不停地冒冷汗，两条腿也直打哆嗦。即使让继母发现偷吃了面包，也该告诉她然后抓紧时间去医院。不过英宇并没有这么做，他担心继母会说出“你这德行是你妈教的吗”诸如此类的话，这让英宇更加无法忍受。

英宇就这么像牛一样拖着自己的身子，一点点朝家走着，一回到家便开始上吐下泻，整个身子严重脱水。

“妈妈……妈妈……”

英宇难受地用头撞着地板，整个身子缩成一团。

“如果我病得再严重些，妈妈会来接我吗？”

英宇想着这些不知不觉地睡着了，第二天早上醒来，英宇发现自己正躺在医院的急救室里。

“是食物中毒，如果再晚来一点的话，估计就要出大事了。”

看完病回家，英宇还是没有逃脱继母严厉的惩罚。

但是，今天晚上继母好像有什么喜事，满脸堆笑地回到店里。

“饿了吧？把这个拿回家烤着吃吧。”今天不知道怎么了，继母居然还给英宇买了火腿。

“今天我下面发展了新会员，现在只要再稍微努力一下，就可以赚到大钱了，只要交够五百万的会费，这样我就可以升一级别了，那样会赚到更多的钱，不知道你爸为什么老坚持着不让我做这个。”

这下英宇终于明白继母为什么每天那样不安分地东跑西跑了。小小年纪的他终于懂得了只要交了钱多拉进来一些人，就能赚大钱的道理，尽管是懵懵懂懂的……

“喂，闵英宇！”基秀冲他喊道，五年级时两个人曾经在一个班待过。基秀旁边还有英宇不认识的学生，其中一个学生还领着个看似正在上幼儿园的小女孩。

“英宇，你去哪儿啊？”

“回家。”

“这么晚才回家？又去糊纸袋了吧。”基秀觉得这句玩笑话很有意思，自己先笑了出来。英宇并不觉得这有什么好笑的，所以也没有理会他。

“你打算糊这纸袋到什么时候？一个才挣2块钱，够买一盘炒年糕吗？”基秀不断地嘲讽英宇，英宇也感觉到今天有些不顺。

“你是不是想吃炒年糕了？”一直很温顺的英宇，今天不知道为什么冷冷地回了一句。不过基秀并没有在意，笑骂道："今天是怎么了，英宇，我就是无聊随口说说而已，我们一会儿去市区赚钱，要不要一起去？"

"不去，我饿了，要回家吃饭。"

"不就是晚饭吗，现在给你介绍赚钱的活儿，你糊一整天纸袋是不是也赚不到一千块钱？"

"……"

英宇最终还是跟基秀他们一起去了，基秀和英宇一个班的时候就会经常开些小玩笑，虽然是有点不放心基秀这么晚去市区，但英宇还是很好奇基秀他们到底靠什么赚钱。

到市区下车的时候天已经完全黑下来了，晚上有点凉，孩子们不约而同地打着寒战。

"哥哥，我困了。"小女孩开始闹起来，这个小女孩不知道是这群人中谁的妹妹。

"哥哥，好黑呀，我们回家吧，我害怕……"

"再一会就好了，过一会儿哥哥给你买好吃的。"

“不，不，我想妈妈了，呜呜……”小女孩说完哭了起来，英宇也希望他们就此回去，他不能理解这么晚带着这个还不能离开妈妈的小女孩出来干吗。

“现在回去吧，妹妹都哭得这么厉害 ……这么晚了能干什么！”

基秀并没有理会，自言自语道：“她哭了更好。”

“什么？”

妹妹哭了的话更好？但基秀望着发呆的英宇，连解释都没解释，不断地左顾右盼着。

“嘿，那边的大叔不错，我先过去，你们一会儿都站远点，别往我这看，要是让他们看出我们是一伙的，就会被人拆穿的。”说完基秀就拉着哭哭啼啼的小女孩，朝公共汽车站走了过去。

“大叔，不好意思……”

等车的大叔转过头来。

“我和妹妹出来坐错车迷路了，现在没有钱买回去的车票了，大叔能不能借我们点车费？”基秀可怜巴巴地说道。其他孩子按基秀所说的，都远远地站在一边，尽量不露出破绽来。英宇则远远地望着基秀，基秀的所作所为让英宇觉得很无语。

基秀冲大叔说话的时候，小女孩一直在哭喊着要回家，大叔很同情地望着小女孩，掏出钱包拿了两千块钱递给基秀，基秀接过钱给大叔深深鞠了一躬。

“真是太谢谢您了，大叔，我一定会还您的。”

“不用还了，赶快领着妹妹回去吧，不然你爸妈该担心了。”

听了大叔的话基秀表情沉重起来，嗫嚅地说道：“父母都去世了，不然我们肯定会给爸爸妈妈打电话让他们来接我们的。”

撒谎！英宇这时真想大喊一声，但最终还是忍住了，基秀父母不但活得好好的，而且还经营着一家刀削面馆，在村子里也算是有钱人了。

基秀说谎的本事还真不赖，差不多可以去首尔电视台当喜剧演员了。大叔好像被基秀的话打动了，站在那里俯视了基秀和小女孩好一阵子，之后又再次拿出钱包，这次竟然掏出了张一万元的。

“拿着，带你妹妹回家买点好吃的，好好活下去。”

大叔说完就上了开过来的公共汽车，这世上真的是有好心人。基秀利用大叔的善良骗到了钱，英宇对此感到无比地厌恶。基秀这时手里挥舞着一万块的纸币向孩子们走过来。

“看到没有？闵英宇，钱是这么赚的！”

“梁基秀，你这样做，难道不觉得太过分了吗！”

“那大叔每月赚很多钱，这一万块钱根本算不了什么，但对我来说可不一样，我要把赚来的钱存起来买轮滑鞋。”

英宇这下子更吃惊了，轮滑鞋又被他们这些孩子叫做旱冰鞋，原来基秀为了区区一双旱冰鞋竟然出来干这样的事情。

“我爸妈说之前已经买过一双，说什么也不再给我买了，不过那双旧的那么土，让我怎么好意思穿出去！”

“对呀，对呀。”

“见过秀灿穿的那双鞋了吧？那款特酷的旱冰鞋超级贵。”

其他孩子也像基秀一样，都是想买自己喜欢的东西才跟着基秀出来的。不敢一个人出来，而且也觉得无聊，这样一起搭帮结伙出来，既可以互相打气又可以交流心得，就像街头小混混儿一样。

“闵英宇，你也别再费劲地糊纸袋了，找点其他事情做，一个男生整天糊纸袋，像个丫头片子一样……只要脸皮再厚些就可以赚到钱。难道你不想多赚点儿钱吗？”

英宇当然想赚钱，但不愿像基秀一样说谎。与其他孩子相比，英宇性格善良，是无论如何不愿意做这些事的。如果真这样做了，心里大概会自责好久。

英宇在很小的时候还没办法糊纸袋，也曾向爸爸撒谎要钱，说是要买些手工制作的材料，但拿到钱后实际上放到了存钱罐里。虽然存了钱，但英宇因为撒了谎心里也高兴不起来。

自从妈妈走了以后，英宇把存钱给妈妈这件事当成了唯一的快乐，如果存钱不能开心的话，那么存再多的钱也没有用。

“嗨，英宇，这次你去试试，你又善良又单纯，那些人会更相信你的。”基秀怂恿英宇道。

“不去，我死也不干这种事。”英宇态度这么坚决，基秀也只好找其他伙伴来做。不过并不是所有孩子都能要到钱，有的人想给钱但发现口袋里没钱；有的人则看出没车费是谎话，直接扭头不去理会。

不过基秀他们来之前已经研究了这个计划，因此上当的人还是不少，虽然最近有不少人都谎称没车费骗钱，但那些孩子还是努力装成真的一样骗取大人们的同情心。

这次基秀拉着妹妹朝两名像是情侣的年轻男女走去：“哥哥姐姐，行行好吧，能不能给我们点儿车费？我和妹妹坐错车了，钱都用完了。”

年轻情侣怜悯地看着这兄妹俩，女方像大姐姐一样抚摸着有些发困的小女孩的头。

“英哲，孩子们太可怜了，你那儿有钱吗？”男方拿出一万块递给男孩。

“太晚了，别等公共汽车了，拿这钱打出租车回去吧。”

基秀得到这意外之财，高兴得想咧嘴大笑，但努力强忍着。

“哇，今天收获真多呀。”在这一个公共汽车站孩子们就赚了三万五千块，每个孩子各分得五千块，基秀也给了什么都没干的英宇五千块钱，最后多出来的五千块给了领着小女孩出来的男生。

“看来今天是个发财的日子，我们再转三个公共汽车站，然后就回家。”

“好啊。”

“这样下去我们就能发财了，嘻嘻。”孩子们都很兴奋。

“对不起我得走了，再晚回家会挨骂的。还有，这五千块钱我不要。”英宇把五千块钱又塞回给基秀。

“没事的，今天你跟我们出来也挺辛苦的，下次你也干一次就行了。”

英宇没拗过基秀，最终还是拿着五千块回家了。回家的汽车上看着手里的五千块钱，英宇的脑子里开始复杂起来。辛辛苦苦糊一个星期的纸袋才能赚到六千块，但今天陪着基秀出来了一会儿就有了五千块，这对英宇来说是个大数目。

正如基秀所说，脸皮厚的话就可以赚很多钱，但不知道为什么，凭空拿到了五千块钱英宇心里还是有些空落落的。

咕噜噜！

英宇还没吃晚饭，虽然从下午开始英宇就什么都没吃，但英宇现在再没有心情吃东西了。

“到点儿不吃饭，过后再饿也没感觉了。”英宇想起妈妈说过的话，如果谎话说多了，是不是就会像过了饭点一样，心里也感觉不到难过了呢？基秀就是谎话说得太多而失去了应有的罪责感吧？一想到这些英宇就感到后怕，害怕自己也慢慢地习惯上说谎。

4. 伤痕累累的手

“英宇来了，这次要存多少啊？”银行窗口的出纳员姐姐笑着迎接英宇。

“一万四千块。”

“这周这么多，有什么好事了吗？”

听到姐姐的话，英宇表情一下子沉重起来，这一万四里有令人讨厌的基秀给的五千块，姐姐不知道看没看穿英宇的心思，接过钱后认真地在办着存款手续。

“现在还在瞒着爸妈存钱吗？”

“嗯……”

姐姐在两年前就认识英宇了，从第一次取出存钱罐里的钱存到银行至今，英宇每次来存钱都会到这个出纳员姐姐的窗口。

出纳员姐姐的名字叫徐恩惠，虽然英宇没问过，姐姐也从来没告诉过他，但英宇从她上衣的工作牌上知道了姐姐的名字。

在妈妈离开后，恩惠姐姐是英宇见到的第一位热情的长辈。英宇还记得第一次进银行的时候，恩惠姐姐很认真地接待了什么都不懂的英宇。

“姐姐要去吃午饭了，英宇也一起去吧。”

不过英宇不敢应答，他可没有多余的钱在外面吃饭，英宇习惯了肚子再饿也要忍到回家再吃饭。

虽然恩惠也知道英宇经常饿着肚子回家，不过以英宇的性格，他也不会愿意让恩惠请他吃饭的。英宇从小就从妈妈那里学到，不可以给别人添麻烦。

“没关系的，英宇，姐姐不喜欢一个人吃饭。”恩惠好像能读懂英宇的心思，拍拍他的肩膀安慰英宇说。

英宇和恩惠一起吃了炸猪排，虽然不是很好的西餐厅，而是在一家快餐店吃的，但味道还不错，再加上英宇已经好几年都没吃过炸猪排了，所以吃得津津有味。

英宇低着头，狼吞虎咽地吃着炸猪排，连搭配的煮花生和玉米，甚至连装饰用的香芹也都吃得一干二净。看着英宇的样子恩惠微笑着说：“姐姐已经吃饱了，英宇你多吃点，现在是长个子的时候。”恩惠把自己的炸猪排又分给了英宇一些。“我最喜欢和不挑食的人一起吃饭，英宇以后结婚了，新娘也会被你迷住的。”

英宇的脸一下子红了，英宇想：以后结婚如果能娶到像恩惠姐姐一样的新娘就好了。

“英宇吃得这么香，所以个子长得这么高。第一次来银行的时候才到我的胸口这儿……一看就知道是第一次来银行，黑眼珠咕噜咕噜转着，脸上的表情还有些害怕，怀里还紧紧抱着一个和你的脑袋一般大的存钱罐，像是什么宝贝一样。我问你来这干什么，你结结巴巴地说，存，存，存钱。呵呵……”恩惠忍不住笑了起来。

英宇不好意思，脸一下子又红了，第一次去银行的事英宇也记得很清楚，门口的保安和大人们都好奇地看着他。

所有人看起来都那么陌生，胆怯的英宇想打退堂鼓，要不是恩惠姐姐，英宇的70多万至今还得藏在家里某个角落里，令他提心吊胆、寝食难安。

“小朋友，你是一个人来的？没有和妈妈一起来吗？”

“我没有妈妈了。”

恩惠一下子慌张起来，之后走出柜台，轻轻摸了摸英宇的头，问道：“有存折吗？”

“没有。”

“那怎么办？孩子不跟大人一起来的话，是没有办法开户的……”

英宇突然难过了起来，心想银行真是个奇怪的地方，我又不是取钱，而是存钱，难道这也需要父母跟着……失去妈妈的那种委屈伤心一下子就涌上了英宇的心头。

“姐姐再见。”英宇含着眼泪跟恩惠道别，本想就这么回家，不过恩惠叫住了英宇：“等一下，小朋友，可能有你名字的账户，现在小学都是统一给全校每个学生办一个存折的。”

听完姐姐的话英宇细细地回想了一下，在一年级入学的时候好像确实是办了一个存折。英宇飞奔回家，把那张之前盖了妈妈图章的存折找了出来。

“姐姐，这张可以存钱了吧？”

恩惠接过存折看了很久。

“怎么了，姐姐，这张不行吗？”望着恩惠严肃的表情，英宇忍不住问道。但是他马上明白过来自己的担心是多余的。

“不行？既然有存折，怎么会不行！账户里面原来就有10万块呢，现在还有些利息，把存钱罐给我吧，不过这些钱要是数清楚的话得花点时间。”

英宇永远也忘不了恩惠姐姐那春天般的笑容，之后每次去银行的时候恩惠都是微笑着和英宇打招呼，英宇存钱快乐的理由之中多了一个恩惠姐姐。

“英宇吃饱了吧？下次也中午来吧，请你吃更好吃的。”

英宇虽然嘴上回答着，但心里暗暗记住下次来的时候一定要避开中午时间，因为自己很长时间糊纸袋挣钱，所以知道大人们赚钱是多么地辛苦。

恩惠姐姐也是每天坐在窗口不停地为客人们服务才拿到工资，英宇已经从恩惠那里得到了很多帮助，他只希望恩惠姐姐不要因为他再破费了。

“看到你就想到了我小的时候，那时家里也很穷，我很珍惜每一分钱，所以进了银行工作，起码想钱的时候可以尽情地数过来数过去。”说完后，两个人都不约而同地笑了起来。英宇当然知道这是句玩笑话，但是他完全理解姐姐，因为他心里也时常会有同样的想法。

“我真希望有一个像你这样又善良又大方的弟弟。”在银行门口告别时恩惠说道。

“我要是能有个这样的姐姐该多好啊。”英宇向走进银行大门的恩惠姐姐挥挥手，嘴里念叨着。

和恩惠姐姐吃过午饭以后，英宇也产生了当银行职员的想法，第二天在学校上自习课的时候，英宇一边糊纸袋一边这样想，和钱打交道英宇很有自信。

当别的孩子还是拿着自己的零花钱乱花的时候，英宇已经把存钱当成了一种习惯，英宇也暗暗下决心以后要在银行工作。

“英宇，我有个问题……”在英宇同排坐着的宝拉的问话把他从沉思中拉了回来。

“什、什么事？”英宇口吃不是因为被宝拉突然问问题，而是心里一直喜欢宝拉。

好多男生都说宝拉很会装，其实不能说文静、不爱说话的女孩就是装的，宝拉原本就是这样安静的性格，不过这一次是宝拉主动先找英宇说话。

“老师之前不是布置要让我们数学课去黑板上做这道数学题吗？可我不知道怎么做。”不管男生女生，最害怕的就是去黑板上做数学题，因此宝拉也得向数学不错的英宇请教，英宇在练习本上写好了解题过程并讲解着，“看这里，三次方程式中有两个量不知道，因此我们需要知道X和Y各是多少。”

宝拉想要仔细看看解答过程，于是朝英宇靠了过来，从宝拉身上传出一阵清香，好像是扎着粉红头绳的头发上传来的洗发水的香味。

英宇的脸红了起来，不过他还是故作镇定地继续解着题，英宇十分庆幸自己的肤色是黑的，因为如果皮肤白的话，脸红的时候就很容易被人看出来。

“天啊，你的手……”宝拉看题的时候注意到了英宇握圆珠笔的手，“你的手不疼吗？”

英宇一下子像是想到什么似的，马上把手缩到桌子底下，英宇糊了这么长时间的纸袋，手上已经是伤痕累累。

用机器裁出来的原料纸边缘很锋利，只要稍不留神就会被划伤，裂开的伤口会流很多血，但英宇现在已经不会被伤到了，以前每天糊纸袋的时候指尖都会被划伤几次，这样时间久了，手指上也长出了厚厚的茧子。

英宇的手虽然不会被划伤了，不过看起来却非常可怜，手茧上面还有被纸划出的伤口，伤口里面被旧杂志纸的墨迹磨得已经发黑，并且这些黑纹用香皂洗也洗不掉，看上去像是故意弄的文身一样。

“我还是第一次见这样的手。”宝拉说道。英宇这时恨不得想找个地缝钻进去，自己觉得最惭愧的手被宝拉发现了。英宇只是觉得很没面子，虽然知道宝拉并不是嫌自己的手难看，但英宇仍然觉得脑子里一片空白。

“嗨，小气鬼。”这时秀灿也不忘添油加醋地说两句，之前英宇没给秀灿那张带有明星照片的杂志纸，到现在秀灿还在生气。

所以秀灿这时专门挑英宇不喜欢的话说，就是为了要让他生气，孩子们都是这样。如果别人送自己东西，就会慢慢觉得对方是喜欢自己，反之，英宇连区区两块钱的杂志纸都不给秀灿，这让秀灿觉得自己在英宇心目中连两块钱都不值。

“糊了那么多纸袋赚了不少钱吧？”秀灿在一旁不停地挑衅着英宇，但英宇什么也没说，只是瞟了一眼秀灿，然后又开始埋头于糊纸袋。英宇此时的想法是，自己伤痕累累的手被宝拉看到，还被秀灿讥笑嘲讽，以后恐怕再也没有脸面和宝拉说话了，所以只得把自己埋在一堆纸袋里。

“嗨哟，你敢无视我？”看到英宇无动于衷，秀灿的火更大了，“闵英宇，你给我等着。”秀灿挥舞着拳头，看来是气得牙痒痒。

之后的几天英宇再次开始了和纸袋的“作战”，只有糊纸袋然后攒下钱来才是对英宇最大的安慰。由于讨厌在学校里和宝拉对视，因此英宇糊纸袋糊得更卖力了，仿佛只要不停地这么糊，就可以暂时忘掉那天在宝拉面前丢脸的事。

这天的自习课，英宇把自己当天的作业做完后又开始继续糊纸袋，这时教室里突然响起了惊呼声，是班长民尚。

“我的钱没了！”民尚脸色苍白地不停翻找着抽屉和书包。

“怎么没了呢？我明明是放到这里面的……”

“丢了多少钱？”孩子们都围过去七嘴八舌地问他。

“五万块。”

“啊，五万块？你带这么多钱来有什么事啊？”

“是我妈妈让我去办事的钱，这下子可死定了。”民尚急得快哭了。

“再好好找找。”

“都找遍了，没有。”

这时有人说话了：“那这钱是被谁偷了？”

听到这话，教室里一下子静了下来。今天没有体育课，所以教室也没有空着的时候，那么就是说应该是本班的同学偷了民尚的钱。孩子们开始纷纷猜测起来。

英宇也停下糊纸袋的工作，不安地看了看教室四周，但谁也不太像是偷别人钱的学生，英宇想可能是民尚把钱放在哪儿然后又记不得了吧。

这时秀灿站起来打破了沉默：“咱们班谁最财迷？”孩子们一开始都不知道他指的是谁，只是小声议论着。但秀灿说完话后拿眼神盯着英宇，这让班里人都朝英宇看了过去。

“是英宇？”

“肯定不是。”

“怎么会呢！英宇多善良啊。”

“不对，你看他那么辛苦赚钱，看到这些钱能不动心吗？”

“也是，这也有可能。”

英宇一下子不知所措起来，班里人都在怀疑他，就连一开始说不会有人偷钱的民尚此刻也在用怀疑的眼神看着他，最令英宇不能忍受的是这一切都被宝拉看在眼里。

“不是我。”英宇紧张地说道，但大家谁也不出声，显然并不相信英宇所说的。

“既然这样那让我们检查一下总可以吧？你要是没偷就肯定不在乎了。”秀灿不等英宇说话，就开始过去翻弄英宇的书包，其他几个人也照秀灿的吩咐开始检查英宇的抽屉。

“难道是藏在这纸袋里了？”秀灿边说边把手伸向桌上叠得整整齐齐的那摞纸袋子，被翻弄的纸袋子有的被撕破了，散落到地上的也被踩上了好几个鞋印。

“你把衣服也脱了。”秀灿翻完英宇的东西之后又开始拉扯英宇的衣服。

“什么？”

“怎么了，不高兴了？”看着英宇快哭的样子，秀灿紧追不舍，“刚才一开始就应该先搜身，侦探片里犯人都是把钱藏到内裤里的。”

“那要把衣服都脱了？”英宇看了看围过来的人，没有人上来制止秀灿。

秀灿把英宇拉过来，强行脱掉了他的外套，英宇虽然一直在挣扎，但根本不是这么多人的对手。

“干什么呢！”隔壁班的老师大声喊着走了进来，大家知道他的脾气很凶，一下子全都若无其事地坐回到自己的位子上。

“这么乱，还让不让别人上课！”

等到班里安静下来，英宇心里的委屈一下子都涌了上来，哭着站了起来：“难道你们觉得努力赚钱的人都是小偷吗？喜欢钱的人要都是小偷，你们不也是吗？你们有什么证据说是我偷的？”

班里没有人说话，秀灿这时也把嘴闭得紧紧的。

“你们真的是太过分了。”说完，英宇跑出教室，不愿再看见班里的人。

英宇一个人躲到游乐场去坐着，等到大家都放学回家了以后才回到教室里来拿书包。但教室里还剩下一个人，是宝拉，虽然宝拉朝英宇这边看过来，但英宇故意装作好像不认识她一样。

“英宇。”宝拉开口喊道，“我在等你。”

有些意外，英宇本觉得宝拉再也不会理他了。

“同学们好像都觉得不该怀疑你，事实上也没有怀疑你的证据，我想说……”

英宇心跳一下子加快了。

“对不起。”宝拉不敢直视英宇的眼睛，低着头小心翼翼地说道。

“我知道你并不是那样的人，大家指责你的时候我也想大声喊出来‘不是他’，不过……最终还是没能鼓起勇气说出来，对不起，我真是个傻瓜。”

英宇此时成了世界上最幸福的孩子，哪怕班里人都认为他是小偷也没关系了。

“我在书里看到过，只有努力工作的人手上才会留下老茧，这样的人是心地善良又正直的。”英宇也不由自主地看了看自己的手，虽然看上去很难看，但这一刻他觉得很自豪。

5. 新的工作

其实民尚的钱并没有丢，也没有被人偷。一回到家，民尚就听见妈妈责怪他："嘱咐了你这么多遍，还是忘了把装好钱的信封带走。"

民尚记得收拾书包的时候明明把钱放进去了，但信封确实就在民尚的书桌上放着。"我今天在学校还以为钱丢了……"

看到民尚情绪低落，妈妈问道："钱没丢是好事啊，怎么一副哭相呢？"

"妈妈，我……"民尚把在学校里发生的事和妈妈说了一遍，英宇辛辛苦苦糊纸袋但是被误会，大家冲上去翻英宇的书包，英宇哭着跑出教室……

民尚妈妈听完之后心里也很难过，英宇和脾气暴躁的继母一起住，平时还靠糊纸袋攒钱。“民尚，你现在知道哪里做错了吗？”

民尚心情沉重地点了点头：“真的错了，但我一开始真的没有怀疑英宇，是秀灿那家伙一直跟英宇过不去……”

身为班长的民尚，没等妈妈再问就自己开始说了起来，民尚觉得自己在这件事上处理得太草率，但因为本意不是这样，所以心里还觉得有些冤枉。要不是秀灿突然站起来说是英宇干的，他也不会怀疑英宇的。

“妈妈相信‘伤人者必自伤’这句话。”

民尚感觉脖颈一阵阵发凉，这句话正好刺痛他的心事。

“怎么了？被说中了？那就力所能及地多安慰安慰英宇，这样心里就会好受些。”望着民尚惶恐的表情，妈妈掐了掐他的脸颊微笑着说道。

发生那件事之后的一个星期，英宇去民尚家中做客。虽然民尚诚恳地向英宇道歉并几次邀请他去家里玩儿，但英宇平时糊纸袋太忙，每天放学之后都要去店里，根本抽不出时间。不过令英宇也没想到，机会终于来了。

因为一个远房亲戚去世，爸爸和继母要出门两天，继母不放心把钥匙给英宇，所以小店就先关门歇业了。英宇觉得很开心，自己也要计划一下这宝贵的两天怎么度过。

虽然心里觉得有些对不起去世的亲戚，不过此人是“爸爸的婶婶的侄子”，并且此人英宇根本也没见过，所以这样一想也就不那么难过了。

一进民尚的家，正如英宇所听到的那样，金碧辉煌得像宫殿一样，英宇只是在电视里见过。“这房子可真漂亮啊。”英宇目不暇接地在院子里到处看着。

“妈妈，你去哪儿，不是说好给我们准备好吃的吗？”民尚看到妈妈穿着外出时的衣服问道。

“你就是英宇吧，不好意思啊，没法招待你了，我有点急事要出去，你和民尚好好玩儿。”之后又从钱包里掏出些钱给了民尚，“刚才突然接到一个电话，我必须得出去一趟，没办法给你们准备午饭了，拿着这些钱叫糖醋肉和炸酱面吃吧。”民尚接过了两张一万块钱。

民尚妈妈对英宇刚刚到，自己却因为有事不得不外出感到很抱歉，不过这恰恰是英宇所喜欢的，因为可以更随意地玩。尽管民尚妈妈是非常和蔼可亲的那种阿姨，但对于在家经常要看大人脸色的英宇来说，有长辈在场，肯定要压抑很多。

英宇尽情地参观着民尚的家，这里不是博物馆也不是宫殿，不过却有很多可以看的东西，英宇对此感到很神奇。英宇家就只有两个房间，只要把屋门都打开，整个家都看得清清楚楚。

民尚家是两层的小别墅，上二楼的木质楼梯还铺着地毯，光着脚踩上去，感觉软软的，非常舒服。英宇一直都觉得家中带楼梯是件非常美妙的事情，坐在楼梯上可以看书，也可以和家人聊天，这该是多么开心的事啊。

“民尚，你在楼梯上都做什么？”

“做什么？上楼下楼呗，楼梯不就是这用处吗？”

英宇感觉民尚这话说了和没说一样。

民尚的房间里有张大床，不是普通的样式，而是那种很高级很有趣的汽车造型的床，床头像真的汽车一样还有方向盘。

“有点幼稚吧？这还是我上幼儿园的时候买的，我妈妈说我得用到上初中。”

英宇本想说这床太酷了，不过听民尚说完就不想开口了，英宇差一点就成了“幼稚儿童”。

英宇这次来到民尚家，终于知道了原来家里还可以有单独的衣帽间。

英宇一直觉得每个季节只要有两身衣服就可以了，来民尚家后英宇真的是大开眼界。民尚有这么多衣服，并且还有一个专门的屋子放衣服，而且整个家还有这么多房间。

“那边挂着的全是你的衣服？”

“嗯，妈妈说我衣服脏得快要经常换，所以才给我买了这么多。”

继母哪怕每个季节给英宇添置一套衣服也都很不情

愿。英宇个子长得快，每年都得买新衣服，这让继母觉得非常恼火。因为买衣服不及时，英宇经常穿一些已经小得不合身的衣服。英宇突然注意到自己穿着一条到脚踝上面的裤子，羞愧得赶紧把衣柜门给关上了。

民尚家的院子里摆着那种电视里富人家中才有的白色桌椅，如果院子里再有条大狗，那就和电影《弗兰德斯的狗》里的场景一样了。

桌子旁边还配有烤肉用的火炉，这让英宇仿佛看到傍晚民尚他们一家人围坐在餐桌旁烤肉，香气四溢的情景。

“真有意思。”

“有意思吗？我家就这些，都看完了吧？那我们去吃点好吃的。”

实际上民尚心里也很不安，他家在这个村子里是生活最好的，民尚感觉自己好像是在向糊2元纸袋的朋友炫耀自己，不免想要顾及英宇心里的感受。

本来今天让英宇来家里玩儿是想让他放松一下的，不过英宇总是让民尚领他参观房间，这让民尚感觉很为难，生怕英宇因此心理受到更大的冲击。

其实这样的担心是多余的，英宇今天来民尚家觉得很有意思，至于羡慕，换成是和英宇差不多家境的人肯定也会有这种想法的。

英宇和民尚一起吃着妈妈准备好的糕点，一边看着相册，里面有很多都是在照相馆穿着各式各样的衣服拍的。

“呀，这什么啊？你是西部牛仔吗？真逗。”

“再给你看些更有趣的吧，这是王子。”

“哈哈哈，哪有这么落魄的王子，王冠都歪了。”

相册里还有民尚和父母一起拍的照片，其中有几张是民尚搂着妈妈，妈妈把民尚当做是婴儿一样，一边抚摸一边冲着他微笑的照片。

英宇突然尝不出手里炸大虾的味道了，民尚有大房子、昂贵的玩具，还有许多的衣服，不过英宇对这些都不羡慕，英宇羡慕的只是民尚有一个如此疼爱他的妈妈。

“肚子饿了，我们去叫糖醋肉吃吧。”玩完游戏机，民尚说道。英宇正好也饿了，听到民尚的话很开心，他还没吃过糖醋肉，也许小时候吃过，但早就不记得是什么味道了。

“一个小盘的糖醋肉，再来两碗炸酱面怎么样？英宇，你喜欢吃炸酱面还是喜欢吃海鲜辣面？”

“炸酱面！”

“OK！”

民尚刚拿起电话要叫外卖，突然又像想到什么把话筒放下了。

“要不我们就煮方便面吃，然后一人一万块把这钱分了怎么样？”

“为什么？”

“我拿这钱有用。”

“那你把两万元都拿走，本来不就是你的钱嘛。”

“不行，不行，要这样的话咱们还是吃糖醋肉吧。”

听到英宇说要让他一个人把钱都拿去，民尚的脸突然红了起来。英宇好像知道民尚心里在想什么。

民尚知道，比起请英宇吃一次糖醋肉来说，把一万块钱给英宇对他或许更有帮助。

方便面是民尚煮的。

“我来煮，我煮面很好吃的。”

英宇不管怎么说都没用，英宇被民尚“安置”在椅子上无法动弹，而民尚则自己忙忙活活地煮面去了。

“哪有让客人做饭的道理嘛！”

但民尚煮出来的面又糟又没什么味道。

“面汤好像怪怪的。”

“难道是水放多了？”

“不，根本不是多了，而是洪水泛滥了，你从来没煮过面吧？”

两个人哧哧地边笑边吃。英宇本来是不吃方便面的，因为以前继母经常不给他做饭，英宇只能自己煮面吃，有一阵子连续一周时间每天都吃方便面，结果那次之后只要闻到方便面的味儿就觉得恶心。

以前英宇每天都忙着看店没时间与同学交往，今天第一次吃到饱含朋友真情的方便面。虽然民尚煮出来的面很“蹩脚”，但英宇还是觉得很好吃。

民尚硬拉着要回家的英宇不放，说回家也是一个人睡，不如留在这儿住一宿，明天早上一起去上学。

“爸爸要回来了！”

民尚停下和英宇玩着的电脑游戏，急匆匆地跑下楼。英宇跟着跑出来，想看看有什么事，只见民尚进了浴室。

“在干什么呢？”

民尚正在往浴盆里放热水。

“在给我爸爸准备洗澡水呢，他一回来就要先洗个澡，说泡热水澡可以缓解疲劳。”

民尚在浴盆里放满了热气腾腾的洗澡水，连毛巾也准备好了，过了不一会儿，民尚爸爸就进屋了。

“民尚的朋友来了？”

“您好。”

“这是英宇，他父母去参加葬礼，所以今晚就住在我们家了。”

“你就是英宇啊，经常听民尚说起你，在这好好玩吧。”

民尚爸爸很热情，但是英宇的爸爸认为男子汉就不应该对家里人太温柔，而他的温柔风趣的一面只有在外面喝酒消遣的时候才会表现出来，所以英宇基本上没见到过。

“民尚把洗澡水都准备好了，来，这是劳务费！”

民尚爸爸高兴地拿出一千块钱递给他。

看到说完“谢谢”就痛快地接过钱的民尚，英宇才明白为什么他这么急着要把洗澡水准备好。

“呀，你还从父母那里拿劳务费？”

“怎么了？一会儿帮爸爸擦皮鞋、揉肩膀都还能再各得一千块钱。”

英宇说不出话来了，富人家的孩子赚钱真是容易，高兴的时候每次为父母做点什么不仅能得到夸奖还能挣到钱，英宇糊一天纸袋赚到的钱，民尚准备一次洗澡水就轻松拿到了。

晚上，英宇躺在民尚柔软的“汽车床”上，今天和民尚玩得很开心，还多了一万块钱，但不知道为什么心里觉得闷闷的。

英宇不禁又开始想，自己存钱慢得像乌龟一样，何时才能攒够一百万块去妈妈那儿呀？

到现在英宇努力存钱已经快五年了，突然英宇觉得，剩下的几十万仍然是一个无限大的数字。

第二天早上，民尚妈妈很早就把民尚和英宇都叫起来了。

“孩子们，得先吃完早饭再去上学。”

“早饭？”

在妈妈走了以后，英宇就没吃过早饭，除了和爸爸一起吃饭，其他时候继母是不会专门为英宇做早饭的，要吃饭就需要自己动手。不过早上又困又没胃口，英宇就养成了空着肚子去上学的习惯。

吃不上早饭，晚上为了看店也很晚才吃饭，因此英宇经常肚子饿。对英宇来说，早饭这个词真的很陌生。

等英宇和民尚去洗漱的工夫，民尚家人已经坐到了餐桌旁。看到豆芽汤和烤鱼，英宇顿时胃口大开，开始狼吞虎咽起来。民尚的妈妈怜爱地望着英宇，不过英宇全神贯注地在吃早餐，根本没注意到民尚妈妈。

“英宇啊。”民尚妈妈好像有了什么决定似的打破了餐桌上的宁静，“你和我们家民尚一起做兼职怎么样？”

“兼职？”民尚和英宇都吃了一惊，民尚看样子好像也是第一次听妈妈说起。

“村里有车的人准备每家出点钱，找人给他们洗车，一个星期只要星期天做一次就可以了，每月是三万元，怎么样？”

一个月就能有三万块真的不是一般的兼职，而且一星期只需要干一次，这对一直辛辛苦苦糊纸袋的英宇来说简直像做梦一样。但民尚和英宇的想法可不太一样，“我能不能不干？星期天我还想睡懒觉呢。”

不过民尚妈妈立刻直截了当地回答了民尚：“那你可就没有零花钱了，现在开始，你得自己赚你自己的零花钱。”

听到这话，民尚一下子什么也说不出来了，以前民尚有一次把零花钱一下子全花光了，后来一个月都没拿到零花钱，过得很“惨”；况且这次有英宇做伴，所以也可以接受。

“阿姨，真是太谢谢您了，我一定会努力的！”英宇说完深深地给民尚妈妈鞠了一躬，然后高高兴兴地和民尚一起上学去了。

民尚爸爸比民尚晚出门一些，临走时不无担心地对民尚妈妈说：“洗车多累啊……有必要让我们民尚受这份苦吗？”

“那也不能让英宇自己一个人洗车啊，英宇给自己班同学的家里洗车，多伤自尊心啊，而且这样对民尚来说也是不错的锻炼，你就不用担心了。”

“说起来，我小时候也吃了不少苦，在车站擦皮鞋，也被混混们打过……现在想想那些苦难都是我事业成功的基础。不过事先不用和其他邻居们打个招呼吗？”

“免费给他们洗车，他们怎么会拒绝呢？每个月我给他们两个人钱，说是和邻居们一起给的，他们就不会有其他想法了。”

民尚爸爸点了点头上了车，车发动后，在后视镜里看到民尚妈妈，觉得今天的妻子比以前任何时候都漂亮了。

6. 旱冰鞋

自从洗车之后，英宇就不再糊纸袋了，一星期只有一次的洗车，比起糊纸袋来说强了不少——事实上糊纸袋是英宇因为年纪小没办法。虽然比不上大人，不过现在英宇的力气比以前大了不少，头脑也灵活多了，也可以做一些别的事情了。

但洗车也不是件容易的事，寒冷的清晨，英宇要用湿抹布擦车，要想把车擦得发亮也需要些技术，所以刚开始的时候英宇也吃了不少苦头，而且有的脏东西是怎么擦也擦不掉的，为此英宇已经被车主埋怨过很多次了。

“爸爸妈妈真是太过分了，星期天也不让我睡懒觉，干吗啊？”民尚今天又一次起晚了，没过一会儿就开始发起了牢骚。

“你只要把这辆和你们家那辆车擦干净就行了，其余的都交给我吧。”

“真的？你真是太能干了！英宇，我今天太累了，我们家的车就不用擦了，我会跟我妈妈说的。”

“累的话我擦吧，你只要擦这一辆就好了。”

“别，别，我擦就是了。哎，你真是个‘高手’。”

英宇当然要努力做兼职。虽然比起赚钱，民尚更喜欢星期天在家睡懒觉，不过对于急需钱的英宇来说，这样的兼职非常难得。

尽管两人都是13岁，但英宇却更像是个大人。虽然每次都是筋疲力尽，不过民尚跟英宇一起也学到了不少东西，所以当民尚突然提出要办个存折存钱时，着实让爸爸妈妈吃了一惊。“爸爸赚钱很不容易，我也要把自己赚到的零花钱存起来，将来好做点自己喜欢的事情。”听完民尚的话，两人更加吃惊了。民尚爸妈小时候家里都很穷，现在也不想把民尚像有钱人家的孩子一样娇生惯养，看到民尚这样的变化很是欣慰。

民尚妈妈更加希望自己的孩子能多和英宇在一起，为此经常买些点心让两人一起吃，还特意绕远跑到英宇家的小店里去买东西。英宇和民尚最近也好得不得了，放学以后民尚还和英宇一起去看店，有朋友真是件幸福的事。

“你俩在谈恋爱吗？两个男的整天在一块。”自习课的时候看到两人在一起写作业，秀灿讥讽道。民尚请求和英宇的同桌调换座位，然后两人就换到一起坐了。

反正班主任不在，班里人都是随心所欲地自己结伴坐在一起，不过看到英宇和民尚坐在一起，秀灿心里又开始起了坏主意。“嗨，小气鬼，你怎么不糊纸袋了呢？”

“龚秀灿，你怎么这么狂妄呢？上次就是因为你招惹英宇，难道不该说声对不起吗？”民尚气得直攥拳头。

“干吗？想打架就过来吧，我可是跆拳道黑带。”

“我也学过跆拳道，你以为学跆拳道就是为了和朋友打架用的吗？”看到两人的样子，英宇赶忙上前劝架。“干吗啊，又不是什么大事。”英宇拽着民尚的胳膊回到了座位上。

“民尚，秀灿很能打架，你千万别和他动手，以前隔壁班的金圭哲不是都让他打出鼻血来了吗？”民尚听了英宇的话更加气愤了。

“喂，闵英宇，你这么胆小吗？真对你失望。”

“嗨，李民尚，你这么不懂事？你用拳头就说明勇敢是吗？”

“你是不是害怕被秀灿打？”

“不是。”

“那你打架厉害吗？会跆拳道吗？”

“……”

英宇一下子被问住了，他从不挑食，干活也勤快，所以身体长得很结实，但并不是那种会打架的人。英宇喜欢运动，也一直想学跆拳道。

英宇妈妈也跟英宇保证说上了小学就送他去学跆拳道，不过妈妈在英宇上小学的那年就一个人走了，之后英宇也不敢对爸爸和继母说去学跆拳道的事了。

如果学了跆拳道，英宇差不多就能打赢秀灿；如果学了跆拳道，英宇也不会被民尚说成无耻之徒，民尚肯定会以为英宇是因为大度而不愿跟秀灿一般见识。

英宇这时又想起妈妈，忍不住叹了口气，民尚好像没听见英宇的叹气声，还是在一边瞪着秀灿，“等什么时候落到我手里，一定要好好修理修理这小子。”

今天是开班会的日子，班长民尚和副班长一起主持会议。“今天我们利用自习时间开次班会。”讲台上的民尚显得威信十足，英宇想起刚才民尚还要和秀灿打架的样子，忍不住笑了出来。

“我们班自习课太吵了，影响到别的班上课，所以今天要讨论一下我们以后一周两节的自习课都干些什么，谁有好的主意就说出来。”

下面的人开始讨论了起来，虽然自习课对于学生们来说很不错，不过这么乱下去肯定就要被取消了。一个个都陷入了沉思状，有时几个人定出一个主意来，虽然还说得过去，不过最终没得到大家的认可。

“我提议大家一起读书，定下一本书，一个接一个地站起来读，其他人听。”

“我反对，那所有人都得买一样的书，这不是浪费钱吗，要是不买书光听可能听不清楚，最后就没什么意思了。”

“听音乐怎么样？”

“反对，太没意思了，到时候大家还是自己玩自己的。”

每提出一个意见，大家都会反对说没意思，说起来没老师在，孩子们一起能做的事也不多。

“等一下！我有个主意，我们都去教室外面活动怎么样？”“全能运动员”京民发话了，大家也停止讨论开始听他说。

“反正我们不就是怕影响别的班上课嘛，那我们去教室外面活动不就行了，去操场上滑旱冰怎么样？大家不都有旱冰鞋嘛。”

“对啊，这是个好主意。”

“对啊，前不久操场上刚修了自行车道。”

大家一下子为京民的话欢呼起来，大家都喜欢滑旱冰，此时都异口同声地同意了。

“哇，太好了，和大家一起在外面滑旱冰，我之前怎么没想到这么好的主意？”孩子们已经蠢蠢欲动，开始计划下节自习课了，而英宇则望着窗外的远处发呆——英宇没有旱冰鞋。

临上自习课的课间，孩子们一个个提着旱冰鞋出了教室，“大家都出去，一个也不能落！趁课间抓紧出去，别妨碍别的班上课。”民尚一边喊着，大家一边往外走，等大家都走了，只有英宇一个人还坐在自己的座位上。

“英宇，快出去吧。”

“民尚……”英宇犹犹豫豫地开了口，“我不出去，一个人在教室里行吗？”

“为什么？滑旱冰多有意思啊……哪里不舒服吗？”

“嗯……有点。”

但在民尚看起来，英宇并没有哪里不舒服，“英宇，你是不是没有旱冰鞋？”

英宇低着头没有说话。

“你跟你妈说一下给你买一双，小孩子用的旱冰鞋也不贵。”

“你也知道的，那不是我妈妈，她不让我叫她妈妈，我就是说了她也不会给我买的。”

民尚感觉很不可思议：“你继母可真坏，让你爸爸把她赶出家门算了。”

“别这么说她，她没坏到那个程度。”

“你说话怎么那么像大人呀？难道你就不恨她吗？”

“不恨。”

“那怎么可能？她那么使唤你，还欺负你。”

“我不是恨她，只是讨厌她罢了。”

“这是什么话？讨厌和恨还不都一样。”

“不是的，我只是不愿意和她在一起。只要不在一起就没有关系。但恨就是哪怕不在一起生活，只要一想来心里也会不舒服。”民尚听到英宇的话后点了点头。民尚并不知道，英宇现在的想法是：很快就能和继母分开了。

这节自习课只有英宇一个人待在教室里。

现在英宇不用糊纸袋了，所以一个人待在教室里也没什么事可做。窗外，班里的同学都在操场跑道上尽情地滑着旱冰，看着同学们你争我抢的场景，英宇只觉得心里像刮过一阵风一样空空的。同学们都穿着妈妈给买的旱冰鞋飞快地在跑道上旋转着。

英宇突然觉得这个世上只剩他一个人了，英宇一心攒钱，但从没想到用这些钱买点什么。不过再有吸引力的东西，也比不上为妈妈攒钱重要，只有这次不同，英宇需要买这件东西。

晚上英宇做了个梦，梦中大家一起出发去某个地方，突然其他人一个一个都超过了英宇跑在他前面，民尚、秀灿、宝拉……都把英宇甩在了后面。

英宇定睛一看，大家全都穿着旱冰鞋跑得正开心，而英宇却穿着他那双旧运动鞋，不管怎么跑也追不上他们，等到所有人都消失在视线之中，只剩下英宇一个人在后面，孤单无助的英宇哭着冲大家走远了的方向喊道：“喂，一起啊，一起吧，别丢下我。”从梦中惊醒过来的英宇，许久无法从刚才的梦境中解脱出来。

英宇终于决定要买双旱冰鞋，英宇也试着向继母说了自己的请求，之后又觉得很后悔，最后的结果只不过是多听了一遍继母的训斥而已。“你都这么大的孩子了，怎么还这么不懂事？现在家里哪有给你买玩具的闲钱？你要是那么想要，就少吃点饭哪，我们家就你最费粮食了。”

只要在洗手间待长了就闻不到难闻的气味，不合脚的鞋穿时间长了，脚上磨出茧子也就不觉得疼了。但对英宇来说并不是这样，与继母一起生活的六年里，英宇每听到继母的冷言冷语，心里都会难受一次。

这一次英宇发愁了，不管自己再怎么需要旱冰鞋，存折里的钱是不能动的，现在这些存款对于英宇来说是世上最珍贵的，不管发生什么事都不能动。

“我要赚钱，向别人讲清原因，再找份兼职，做到赚够买旱冰鞋的钱。”

英宇坐上了去市区的汽车，市区里有各种各样的店铺，说不定有自己可以做的兼职，不过这只是英宇的想法罢了。

“小孩子做什么兼职？”

“别在这儿妨碍我做生意，赶快走吧。”

“我们不要小学生，你想让我们倒霉吗？”

每个店里的老板回答都差不多，没有人会雇像英宇这样的小孩子，所有人都觉得小学生什么都干不了，并且雇用小学生是违法的。

英宇走得脚底生疼，便蹲坐在路边的树荫下休息。这样坐在人来人往的街道边上看起来很丢人，但是英宇累得已经顾不上这些了。

说到丢人，英宇在进店里找活做的时候已经充分地感受到了这一点，和刚才从店里被人赶出来相比，坐在街上根本算不上丢人的事。正当垂头丧气的时候，英宇看到了马路对面的加油站。加油站里车辆不停地进进出出，打工的学生紧张地忙碌着，“那个打工的学生看起来也和我差不多，这样的工我也能做……”

正好在加油站的墙上写着“招兼职”的海报，这时英宇想起了之前在公共汽车站骗钱的基秀说的话，“赚钱很容易的，只要脸皮再厚些，可以赚很多钱。”基秀之前的话这时在英宇的耳边再次响起。

7. 秀灿的一封信

英宇不得不说谎，对加油站的老板说自己是初中生，然后双方定好每天干四个小时，而回家对继母说这段时间要在学校里补习功课，所以会晚一些回家。一般的妈妈遇到这种情况就会多问两句，之后能听出里面的破绽来，不过继母很容易就信了。英宇也要像基秀所说的那样做一个“脸皮再厚一点”的人。

加油站的活并没有想象中的那么累，客人来了就按他们说的加好油，然后收了钱就可以了。虽然有时也得给客人擦擦车前玻璃，或打扫一下加油站，不过对于每个星期天洗车的英宇来说，这样的活儿并不算什么。英宇虽然害怕别人发现他撒了谎，不过要不是骗过老板，英宇也得不到这么适合自己的工作。

这里的报酬是英宇至今所做的事情里最高的，只要十天的工资就可以买旱冰鞋了，不过加油站是按月发工资，所以英宇干完十天以后也不能辞职。

“虽然有点累，但坚持一个月就可以买旱冰鞋了，剩下的钱还可以存到银行。”一想到月底发钱，英宇心里就兴奋起来：只要一个月之后，就可以穿上旱冰鞋了；这个暑假说不定还可以去妈妈那儿。每月有十万块，英宇觉得自己像是已经长大成人了。

“英宇，醒醒吧，一会儿就上课了。”英宇听到民尚的话醒了过来，刚才英宇趴在桌上睡着了，口水流到桌子上，觉得有点不好意思，赶忙用手捂在上面。滑完旱冰的同学们陆陆续续回到了教室，民尚也一边擦着额头的汗一边收拾起旱冰鞋。自习课现在对英宇来说就是休息的时间，放学后马上跑到加油站工作，然后还要赶回小店替继母看店，星期天一大早又要洗车，这种连轴转的生活让英宇疲惫不堪。

“每个自习时间你怎么都一个人在教室里待着？不是说好所有人都要出去的吗？”秀灿冷嘲热讽地说道。英宇虽然没有滑过旱冰，不过班里人都知道他是因为没有旱冰鞋，也没有用来买旱冰鞋的钱才没去。如果是换作其他学生自习课不出去的话，同学们肯定会去找班长民尚理论一番的。虽然也有其他人想在教室里休息，不过民尚告诉他们“不行”。

大家都知道英宇为什么不出去，所以装作不知道。但不知秀灿是不是故意的，他是第一个对英宇提起这事的人。

“我……我脚上有伤，不能滑。”英宇言不由衷地说道。

虽然英宇讨厌说谎，不过更不愿对秀灿说自己没有旱冰鞋。

“就是坐也要去外面坐着，为什么别人都不能留在教室里，偏偏英宇可以，难道是因为你和班长关系好？”

시간표

这一次民尚真的是无可奈何了，实际上秀灿说对了，民尚就是在护着英宇，全班只有英宇一个人没有旱冰鞋，民尚除了能让英宇就这么待着，别的也做不了什么了。民尚害怕把英宇没有旱冰鞋的事告诉秀灿会伤害英宇的自尊心，不过秀灿还在没完没了地唠叨着，这令民尚很不安。

英宇看了看手足无措的民尚，这次说什么也坐不住了："秀灿，你就这么恨我吗？我什么地方招你烦了？"

"小子，我说什么了？我怎么就跟你过不去了？"

"你不知道？"

"对，我不知道。"

"你别装蒜，抓紧说吧。"

"怎么了？我除了说实话以外没有什么不对的，难道所有妈妈跑掉的孩子，都像你一样疑心病这么重吗？"秀灿一边把脸伸过去，一边还不停地讥讽着英宇，那副表情实在是无法用语言来形容，从来没恨过什么人的英宇心里像火山爆发一般。

"哎哟！"

秀灿没想到英宇一拳把他打倒在地，不管是摔在地上的秀灿还是围过来的学生们，都张着大嘴感到惊讶。无论是谁开玩笑、挑弄是非或打架，英宇都会静静地呆在一旁，谁也没有想到英宇这次会动起拳头。

“我妈不是跑掉的！”

秀灿愣了愣神，回过神来后霍地从地上跳了起来：“你打我？”然后冲着英宇的肚子就是一拳。

“嘭！”秀灿的拳头真不是吹的，挨了一拳之后，英宇疼得连气都快喘不上来了，好像有种连妈妈最后一面都见不到就要死去了的感觉。

过了一会儿英宇觉得自己又能活动了，秀灿这时还要踢英宇，不过英宇死死抱住了秀灿的腿。

“道歉，你刚才说我妈妈什么，快道歉！”

“快放开，一个大男人像水蛭一样抱着我的腿干吗！”秀灿冲着英宇的头胡捶乱打了起来，英宇这时候对秀灿的铁拳也感觉不到疼了。

“啊，啊！”突然秀灿发出救命声，英宇在秀灿的腿上狠狠地咬了一口。

“快放开！啊呀——呀——呀——！”

“道歉！”英宇也不松口，含含糊糊地说着，平时看似文静的英宇怎么会有这么大的力气，不管秀灿怎么扯就是没法把英宇扯开。

“啊……知道了，我道歉，对不起！”秀灿再也坚持不住了，哀号着喊出“道歉”两字。刚才没来得及拉架的民尚脸上带着歉意，把满脸乌青的英宇扶了起来：“你真有一股倔劲儿，太帅了！”

不过秀灿冲着两人的背影说道：“帅什么帅？你刚才怎么像只狗一样。闵英宇，这次就这么算了，下次再这样你就死定了。还有，刚才的道歉——取消！”

“秀灿原来也不是这样的啊，怎么偏偏看你这么不顺眼呢？是不是吃错药了？”民尚和英宇一边走出校门一边说道。

“再努努力，下个月就能买旱冰鞋了。”民尚有些同情地望了望英宇，“我跟我妈妈说让她给你买一双怎么样？”

“不行，我又不是孤儿，干吗要让你妈妈帮我买呢！”

“你比孤儿也好不到哪儿去，你继母不给你买，那为什么不和你爸爸说呢？”

“我也很难见他一面，就算偶尔回来我和他说了，他会让我找继母说去。有一次我跟我爸爸说继母不给我买文具，爸爸说我撒谎还用棍子打了我一顿，她总是在爸爸面前假装对我很好。”

“那我让我妈把下月的洗车费先给你。”

“你不是知道吗，那钱是我要带着去找妈妈的，不能动。”

“哎，闹心，这样也不行，那样也不行……”

“别担心，这个月加油站拿到工钱了，我就能买了。”英宇反过来安慰起民尚。

“但我总担心在加油站打工不会出什么问题吧？你不是骗那老板说你是初中生吗？”

“就做一个月，怕什么啊。我爸爸说在美国富裕家庭里的孩子也要自己打工挣零花钱，说这些都是学习的过程。”

“嗤，什么学习啊，都是受苦。”民尚转念一想，又说，“不过，就拿你来说吧，英宇，你很早就开始赚钱，所以很早就已经比别人懂事了。我爸妈从很小就开始赚钱了，知道怎么管理自己的零用钱。所以我也一直在和你一起做洗车的兼职，你赚钱的同时也帮助了别人。”

“怎么会呢！我现在为了赚钱忙得不可开交，哪儿可能帮到别人呢！”

英宇一直觉得只有那些赚钱不费事的人才有可能帮助别人。这样想来，他现在的确并没帮过谁。不过，好像实际情况并不是这样。

英宇在加油站干了两个多星期了，头脑聪明、手脚勤快的英宇现在做得得心应手，一起打工的兄长对他也不错。“英宇，下班了，和我一起走吧。”已经上高中的镇成对英宇说，“你家住哪儿？”

“7路公交车的终点站附近。”

“是吗？我以前也在那儿住过，你是哪个中学的？”英宇一下子被镇成的话问住了。英宇家附近只有一所小学，英宇后悔自己没有事先问问村子里其他上中学的人。

不过镇成看了看英宇就笑了："你不是初中生吧，英宇？"

英宇感觉脸上火辣辣的。

镇成看着惊慌失措的英宇说道："你是小学生，对吧？不过别担心，我不会告诉老板的。"

听了这句话，英宇一颗悬着的心算是放下了，从加油站出来走到公交车站，镇成还给英宇买了个面包吃。"你年纪还这么小，怎么就出来打工了呢？看你也不像是离家出走的样子，你是不是在攒钱买最新款的游戏机呢？"

"没有。"

"那你是要赚寒假里染头发的钱？"

"不是。"

"那为什么？"

英宇一时间没法回答了，因为要说的话真是一言难尽，如果直接说"为了买旱冰鞋"，那和说谎骗钱的基秀就没什么区别了。

英宇觉得还是什么都不说最好，镇成哥这时候注意到了英宇的手："小小年纪的，手怎么这样啊？工地上工人的手比你都细，你难道已经当少年家长了？”

这时正好汽车来了，英宇向镇成说了声“再见”后就飞一般地上了车，车窗外的镇成流露出不可思议的表情。

“我是少年家长？”英宇回想起来忍不住笑了。少年家长指的是英宇要赚钱养活一家人，不过想到每次吃饭继母骂他“饭桶”时的神情，就忍不住又笑了起来。继母总是抱怨英宇在家什么忙都帮不上，哪怕多夹一口菜她都会不满意的，镇成哥居然说我是“少年家长”，让我赚钱去养活这样的人，岂不是天大的笑话。

车上乘客都用异样的眼光看着自己一个人笑的英宇，笑了一阵之后，英宇的心情好了很多。不管怎么样，英宇还有给他饭吃，让他有学上的家人。如果英宇是少年家长的话，那英宇在加油站赚到的钱，就没法用来买旱冰鞋了，可能洗车赚来的钱也存不下来，得用来买米吃饭，不过即使这样，英宇也没觉得自己很不幸。

汽车遇到红灯停了下来，英宇这时候见到一个看上去和他同龄的小孩，他正穿梭在车流当中，不断地往车里投放着名片大小的广告。之前他曾经见过这种广告，广告里的女人穿着暴露做着奇怪的表情，英宇虽然不知道这是什么意思，但知道这样的广告是为那些见不得人的东西做的宣传。

英宇虽然不知道到底卖的是什么东西，也不能向大人们打听，但是他知道绝对不能让小孩子做这种事情。

“难道那个小孩是真的少年家长吗？”直到车子开动，英宇还一直在望着穿梭于车流当中的那个孩子。

星期六放学早，加油站的客人也比较多，所以他在加油站比平时能多干几个小时。“欢迎光临！”跟着其他年纪大的孩子，英宇也一起卖力地喊着。现在只要再做一个星期，他就能拿到工资了，到时候就可以和同学们一起在操场上滑旱冰，就算留在教室里也不怕被别人问了。

今天多做了几个小时，工钱也比平时多，这也令英宇很开心。星期六载着一家人去公园玩的私家车很多，几乎没有一个人开车的情况，英宇一边给车加油一边羡慕地看着车里唧唧喳喳吵闹的孩子们。

“欢迎光临！”英宇看着一辆黑色吉普车开进加油站后，连忙跑过去问好。

“这不是闵英宇吗？”秀灿把头探出了车窗外，英宇吃了一惊，在原地呆住了，英宇真没想到在加油站会碰到秀灿。

“你的同学？”在驾驶座上的秀灿父亲向秀灿问道。

“嗯，是我们班的。”

“这加油站连小学生都用？这些人真是没良心，最近也听说有一些雇用低廉的小学生的营业场所……”秀灿父亲不停地说道，英宇急忙环视了下四周，害怕谁听到了这些话。

不过老板偏偏就在旁边忙些什么，原来都是守着收银台的老板，今天由于人手不够，自己也出来忙活，英宇看到老板的脸色一下子就变了。

“喂，小子，你骗我？难道你想让谁坐牢吗？你知道要是被警察发现了我雇用小学生会怎么样吗？”老板生气地大喊大叫，秀灿这才明白自己惹了大祸。

秀灿脸上露出害怕的表情，直到加完油车子发动，秀灿都一直在盯着英宇。

“你以后别干了！”

英宇听到这话眼泪一下子流了出来，站在原地一动不动，他也没想到自己会被发现，错就错在当初不该撒谎。

“干吗呢？赶紧走！讨厌鬼。”

在另一边干活的镇成哥跑了过来：“老板，都干了快四个星期了，这段时间的工钱您就稍微给点吧。”

“你知道什么啊就敢插嘴，我现在给他钱？要是万一被发现知道我得交多少罚款吗？我一想被这小子骗就来气，你过来插什么嘴？”老板火气很大，镇成也没办法继续说下去了。英宇摇摇晃晃地走出了加油站，在这么多人的地方哭很丢脸，英宇强忍住泪水。这段时间连觉都睡不好，还要每天看继母的脸色，就是这样辛辛苦苦地赚钱，最后一分钱都没能拿到，英宇觉得自己实在是太冤枉了。泪眼模糊中，英宇仿佛看到了妈妈那熟悉的面容。现在要是能被妈妈搂在怀里，该是件多么幸福的事啊。

这时候镇成也跟着英宇跑了出来：“他就是不想给钱，反而还咄咄逼人！老板太坏了，我干完这个月也不干了。”

说完镇成从口袋里掏出一万块钱塞到英宇的小手里：

“哥哥也没多少钱，只能给你这么多了，这么小的年纪就碰上这样的事，但世界就是这样啊。”英宇听完，泪水不住地流了下来，低头看着一万块钱，眼泪一滴滴落到“世宗大王”的头像上。

“您回来了？”屋外传来了继母的声音。爸爸好不容易回家了，英宇虽然还没睡，不过实在是不想往外看，英宇不想让爸爸看见他哭得已经红肿的眼睛。

“英宇呢？”

“睡了，今天不知道怎么了，一回来就垂头丧气的，晚饭也没吃就回到房间里躺下了。”继母假装很担心地说。

“晚饭吃得太早有点饿了，一会儿煮点方便面吧。”

“可家里的面都吃完了……”英宇听见继母开自己房间门的声音，“英宇，你去店里拿几包面回来。”

英宇继续装睡。

“这孩子怎么睡得这么死？这样都醒不了。”继母继续想要晃醒英宇。

“别弄我了，没看我正睡觉吗！”英宇带着有些沙哑的嗓音说道，继母很是吃惊地一直盯着英宇看。

“你这家伙，从哪儿学的这么多臭毛病？”爸爸突然发怒了，然后冲进英宇的房间。一星期爸爸就见英宇一次，还是用这种发脾气的方式。

“爸爸你根本什么都不知道……”英宇又觉得心里酸酸的，刚刚好不容易平息了心里的委屈，现在又感觉想哭。

“那你也不能……”爸爸顺手抄起门口挂着的长鞋拔子朝着英宇的后背就打。

“别打了，把孩子打坏了怎么办。”继母只是在嘴上劝着英宇爸爸。

“我好不容易回来一次，你看看这家伙都成什么样子了！今天我非要好好改改他这些臭毛病。”爸爸不顾英宇已经哑了的嗓子和哭肿了的眼睛，也有可能是根本就没注意到，英宇用怨恨的眼神看着爸爸。

“爸爸难道只会发脾气吗？我心里是怎么样的，我过的是什么样的日子，爸爸关心过吗？”眼泪又流了下来，英宇用被子蒙住头躺下了。外面怒气冲冲的爸爸和阻拦他的继母吵闹声不止，英宇在被子里还能安静点。

星期一，英宇没有去上学，如果在学校碰到秀灿的话，英宇又会想起那些伤心事。假如秀灿又将之前的事告诉给班里其他人，那英宇真的是没法忍受下去了，反正只要有秀灿在，那天的事情肯定多少已经被传开了。

“秀灿好像是我上辈子的死敌一样。”怎么这么巧，恰好被秀灿一家人碰到，之后的事情变得一团糟，英宇现在想起来还觉得有些无奈。

英宇背着书包，漫无目的地闲逛着，先是转到村子后山的步行道，后又去了泉眼边喝了满满一瓢凉爽的泉水。不知不觉秋天来了，风已经有些凉了。

心里空荡荡的英宇感觉怪怪的，秋风总能试图勾起他的伤心事，英宇坐在草地上，秋风就这样触碰着他的悲伤。

“啊！妈妈！”英宇号啕大哭起来，自从妈妈走的那一天哭过以后，这还是第一次大哭。

英宇约摸着到了放学时间向小店走去。看到英宇早早

地就来了，继母也很惊讶："你不用再补课了吗？"

"嗯……"

"刚才有个说是你同学的来找过你。"

"是民尚吗？"

"民尚我认识，不过不是他，我问他叫什么他也没告诉我，就直接走了。"好奇怪，如果不是民尚的话，别的人是不会到店里来找他的。英宇很想知道是谁来了，不过就是想不出来。

晚上民尚提着一个大袋子也来找英宇了："我都听秀灿说了，你那天在加油站受了很大委屈，今天才没去上学是吧？"

"看来秀灿已经都嚷嚷出去了。"

"没有，他只偷偷告诉我一个人。"

"不会吧，那只小麻雀……"

民尚望着一天没见就消瘦了很多的英宇，把手上的纸袋子递了过去。

"这是什么？"

"你打开看看。"英宇打开一看，是一双旱冰鞋。

“是秀灿让我把这个给你的。”

“给我？”

“秀灿说他不知道你没有旱冰鞋，还有因为他你没能买成旱冰鞋，他也很内疚，所以把这个给你，他妈妈又给他买了双新的。”

“刚才来店里的人是秀灿？”英宇又把纸袋推还给民尚，“我不想要，秀灿给我这个，也不知道是不是真心的。”

“是真心的，你看看这旱冰鞋。”

“怎么了？”

“你没有过旱冰鞋所以不知道，这可是最新的款式，而且还挺贵的。”即使在昏暗的路灯下面，这旱冰鞋看上去也很不错，并不是班里人穿的那种普通的旱冰鞋。

“秀灿以前肯定是当做宝贝的。”民尚又把纸袋子递给英宇。

“这里面还有一封信，秀灿今天在学校里写了一天，你就看看吧，不好笑吗？整天咋咋呼呼的龚秀灿居然写起信来了。”

没办法，英宇只得先收下旱冰鞋，又把信打开看了起来。

是我，龚秀灿。

有很多话想要跟你说，不过觉得太对不起你了，所以才决定写信。

刚才全都听民尚说了。

我真的不知道你过得这么苦。

我一天傻乎乎的，总是搞不清状况，别人都知道的事情我却不知道。

对不起。

如果知道的话，我肯定不会总是和你过不去……

其实我是很喜欢你的，想和你做好朋友，但是你看上去很讨厌我。

之前你没给我那张糊纸袋的纸，我就觉得你肯定不怎么喜欢我，加上你和民尚关系那么好，出于嫉妒才对你这样，并没有其他的意思。我妈妈每天都说我，但我还是很不懂事，所以你就像大哥哥一样原谅我吧。

星期六那天是因为我的原因，让你遭遇那样的事，我一晚上都没睡着。

我哭着埋怨我爸爸说了那些话，让我爸爸一定负责处理好，因此还被我爸爸打了一顿。

今天晚上，我可能还是要怀着对你的歉意上床睡觉。

今天听民尚说你为了买旱冰鞋这么辛苦，我连饭也没吃下去，你知道我原来有多能吃吧?

这双鞋是我穿过的，不久前我妈又给我买了一双，现在不需要了，所以不要有什么负担。

民尚说你自尊心很强，让我注意点，下次开始你就穿这双鞋和我们一起玩吧。

这段时间我真的错了。

我厚着脸皮请求你的原谅。

我从出生到现在，还是第一次写这么长的文章。

所以就原谅我可以吗?

对了，之前和你打架被你咬过后，我道的歉不是又取消了吗?

之前的取消再次取消。

再见!

英宇一边看信一边笑了，虽然语法错误连篇，里面还有很多用橡皮反复擦过修改的地方，看起来很乱，但这时英宇仿佛看到了秀灿在写信时不知所措的样子。

英宇一遍遍地读信，含着眼泪在笑，第一次知道了可以一边哭一边笑，也因此，英宇渐渐忘记了心里的伤痛。

8. 会花钱的方法

“闵英宇，把腰再伸直点！”

“胳膊怎么老抬这么高？你是稻草人吗？”英宇穿着旱冰鞋在尽情玩耍的同学之间晃来晃去，虽然民尚和秀灿都在努力教英宇，但英宇现在还是不能熟练滑行。

“哎哟，急死人了，怎么连这个都不会呢？”秀灿左右脚交换着滑行，然后在地上滑出一个圆圈来。

“龚秀灿，你想一直这样吗？在一个初学者面前显摆？”勉强两只脚站了起来，但根本控制不住自己身体的英宇冲着秀灿喊道。

“所以让你好好练习，腿稍微弯点，像个机器人似的。”虽然秀灿一直在挖苦英宇，不过英宇并不觉得生气。现在，民尚、英宇、秀灿成了六年级一班的“三个火枪手”。虽然秀灿还是那样经常地胡言乱语，但没有人再因他的话而被刺伤。

英宇对待秀灿的态度也不同于以往了，对于秀灿的玩笑不再是一味忍让，而是直接还击，同时两人意见不合，也会用摔跤的方式解决，民尚也是这样。

“今天去我家玩儿吧，我新装了一个电脑游戏，昨天玩过了，很过瘾。”秀灿说道。

“真的？要是有意思的话光盘借我可以吗？”民尚和秀灿的对话对于英宇来说简直是犹如听天书一般，除了在计算机课上碰过电脑，其他时间英宇就再没有用过。

上次去民尚家的时候在他的房间里见到过电脑，但民尚的电脑看上去很好很干净，不像学校的电脑那样速度又慢鼠标又不好使，并且还装了许多学校电脑里没有的软件。

自己可以随便听想听的歌曲，可以把自己的照片放进电脑随意地修改，“娱乐室”中每个游戏只要花五百块，就可以尽情地玩，这对于英宇来说都好像是做梦一样。

所以去秀灿家见识新款游戏对于英宇来说是件很兴奋的事，但英宇嘴上说的却和心里想的不一样：“我可能去不了。”

“为什么啊？去吧，你不是还没去过我们家吗？今天去我家玩游戏，顺便还参观一下我们家，虽然我的电脑不像民尚的那么高级，不过游戏倒是很多。”

“我也想去，不过好像不行。”

“你得去看店吧？但你继母又不是每天卡着点出去，所以你晚去一会儿也没事，回到店里就说今天值日不就行了。”

“实际上我得去银行，得把昨天的洗车费存起来，要是又存钱又去秀灿家时间就太长了。”

“闵英宇，你真是无所不能啊！现在就开始存钱了？我还从来没自己去过银行呢。”

民尚用无奈的眼神看了看秀灿，继续劝说英宇：“明天再去银行不行吗？”

“明天是星期六，今天不存钱要等到星期一才能再存，留在我这儿时间长了就会有些不安全，还有可能被继母发现。”

“那明天去秀灿家怎么样？”

“明天我们家要来客人。”

三个人冥思苦想了许久，但最后下决定拍板的还是民尚：“那就先去银行再去秀灿家吧，坐公共汽车去银行不就快了！英宇，你平时都是走着去的吧？今天是我想去玩儿，所以车费就由我出了，去秀灿家我们一起玩一个小时，然后英宇你先走。”

民尚知道英宇为了节省车费，每次去银行都是走着去的，英宇也很感激民尚能为他着想，但车费英宇坚持要自己交，这些钱他还是有的。

“这样就行啦，我这次去银行顺便学习一下也很好。”秀灿痛快地表示同意，三个人就这样直奔银行。

“我们村子银行就这么小啊。”

“不过这里是最近的，去别的银行都要坐公共汽车，要是还得花车费，我就不想存钱了。”

“嘿嘿，感觉有点奇怪，这里只有我们是孩子。”正如秀灿所说，银行里基本都是大人，还有的就是妈妈领着幼儿园的小朋友过来的。

“妈妈告诉我应该从小就要学会怎么和钱打交道，这样将来才能成为一个既会赚钱又会花钱的人。”听了民尚的话秀灿撅了撅嘴，“有不会用钱的人？就算不会赚钱，但要是有钱了你试试，我也很能花钱，马上就去市区的百货商场买个最新型的游戏机，NIKE的运动鞋，还要买辆山地车……”

“喂，你以为大手大脚那叫会花钱吗？钱一定要用在该用的地方，才叫会花钱。”

“行了，行了，我妈只要多给我些零花钱，我也能变成会花钱的人。”

英宇一边听着民尚和秀灿两人的争辩，一边向恩惠姐姐工作的窗口走了过去。“咦？座位是空着的，难道去卫生间了？”

自从做了洗车的兼职以后，英宇就不经常来银行了，只是每个月领到钱才来银行一次，因为很长时间来一次，所以一定要见到恩惠姐姐。但过了好一会儿，恩惠姐姐也没回来。

“英宇，时间不够了，你在这干吗呢？找别的人存不就行了。”

“是啊，你这样等，到了我们家游戏都玩不了就得直接回去了。”

于是英宇拿着存折朝窗口走过去。看到英宇朝空座位张望，坐在恩惠旁边窗口的大叔向英宇问道：“小家伙，有什么事？想存钱吗？”

“嗯，但坐在这里的姐姐去哪儿了呢？”

“有点事所以出去了，我来帮你存钱，把存折和钱给我就行了。”

英宁遗憾地把存折和钱递给大叔，除了恩惠，英宇这段时间一直没找别人存过钱，虽然大叔肯定不会抢他的钱，但英宇不知为什么就是觉得不放心。

“小家伙！”大叔看完英宇的存折摇了摇头，“你好像是拿错存折了。”

这是什么话啊，英宇只有这一张存折，这之前一直就用这张存折存钱："没有啊，我一直是用这张存折存钱的。"

"小家伙你看看，这不是我们银行的存折，不是我们的银行怎么存钱？"

"嗯？别的银行的存折在这里不能用吗？"英宇感觉自己好像掉进了童话中的神奇国度一样。这些年都一直用得好好的，英宇不明白为什么大叔说存不了钱，大叔看了看一时间呆在那里的英宇，又重新看了看存折。

"看起来，你这存折上的钱都是跨行存的。"

"嗯？什么是跨行存啊？"

"就是不把钱存到我们银行，而是存到其他银行的存折里，但这样的话得要手续费的。"

"您说我往自己存折里存钱也要手续费？"

"是啊，一句话就是，银行帮你把钱存到其他地方，就得收手续费。"

"哪儿有这样的道理啊。"英宇越听越觉得奇怪，存钱不仅没有利息，而且还得交钱，现在突然听到要交之前从没有交过的手续费，让英宇感到手足无措。可能这位大叔是新来的吧，或者是想要骗英宇钱的坏人，英宇现在只希望恩惠姐姐能快点回来。

“你来得正好，快过来看看，这小家伙的钱怎么存。”大叔一副为难的表情，向那边挥了挥手，好像是恩惠姐姐回来了。

“哦？”但从那边走过来坐到位子上的人不是恩惠姐姐，是以前见到过的另一名工作人员，“小家伙，是老顾客嘛，正在为跨行手续费为难吧，跟你说跨行手续费你可能也不明白……”

出纳员姐姐看到英宇后吃了一惊，坐立不安。英宇也不明白这个姐姐为什么看到自己会那样。

“姐姐，恩惠姐姐去哪儿了？恩惠姐姐去哪了？怎么是您在这个位子上？”出纳员姐姐犹豫了好一会儿，带着英宇从银行走了出去，在远处等英宇的民尚和秀灿也看得莫名其妙。

“你是英宇吧？喝汽水吗？”没等英宇回答，姐姐已经按下了自动售货机上的按钮，把饮料罐塞到英宇手里慢慢地说道：“恩惠不在这工作了，已经有半个月了吧。”

英宇的心好像一下子坠落谷底，恩惠姐姐什么话也没有，就去别的地方了……这几年亲密无间的恩惠姐姐怎么不说一声就走了呢。

“恩惠的妈妈突然去世了，她爸爸也不在了，所以只能回旌善老家照顾弟弟，然后在那儿工作……”

英宇现在的心里翻江倒海变得沉重起来。妈妈去世，恩惠姐姐该有多伤心啊！英宇在妈妈离去之后，也一直怀着想要再次见到妈妈的希望，但恩惠姐姐以后再也见不到妈妈了，并且现在也是一家之长了。

“实际上恩惠嘱咐我不要告诉你……”出纳员姐姐把英宇不知道的事情全告诉了他。

英宇第一次来银行的时候，不能拉着妈妈的手一起来的失落，不合身的衣服，像宝贝一样看着自己钱的神态，以及他那怯生生的样子，让恩惠想到了自己家中的弟弟，所以不自觉地想关照他。

“我想把这钱存到银行里。”声音小得像蚊子一样的英宇当时还没有存折，而且没有给他开户的大人，恩惠就想起现在学校为了方便收取餐费，每个学生都办一张存折，但英宇从家里拿过来的存折并不是这家银行的。“小家伙，这存折不是我们银行的，所以我们这儿存不了你的钱，你得去市区的这家银行，不然就得由大人领着到这里来办一个新存折。”恩惠本来是想这样跟英宇解释的，但不知道怎么的，话到嗓子眼又让她咽回去了。

没有妈妈领着的英宇不停地眨着眼睛，恩惠感觉，英宇在这世上只有她一个人可以信任了，这让恩惠没法拒绝英宇。

“不行吗？”英宇很担心地抬头望着恩惠。

“不行？既然有存折，怎么会不行！”从那时起，每次英宇来，恩惠都用自己的钱给他付跨行的手续费，一开始恩惠并没有太多的想法，只是不想让英宇难过。但每次来银行都能看到英宇那张充满幸福的脸，让恩惠更加坚定了帮他的决心，要帮英宇付手续费，直到英宇上了初中，没有父母来银行也可以自己办存折了。每次英宇存三千块，恩惠就要付差不多一千五百块的手续费。

恩惠此前也想过把付手续费的这些钱直接给英宇是不是更好，不过那样的话英宇以后肯定不会再来银行了，这样就没法帮到他了。所以恩惠这些年一直在帮英宇存钱，当然也是在帮他储存希望。

虽然妈妈突然去世，恩惠也没有忘记英宇，一次性地把手续费都留了下来，拜托同事一定要帮英宇把钱存到上初中，然后到时候再帮英宇办一个新的存折。如今英宇一个月才来银行一次，恩惠走之前没能跟英宇道别，就这样匆匆忙忙地回老家去了。

说话间，英宇手中的饮料已经温了，他低着头，只是来回捏着手中的易拉罐，好像只有这样才能压抑住心中汹涌的情绪。

“我还是第一次见这么善良的人，自己隔一天吃一次方便面，为了省下午饭钱，给你付手续费。这样的事情别人可能连想都不会去想，不过恩惠却坚持了这么长时间。我现在跟你说这些你可能还有些不太懂，但我们出纳员的工资也不高，要是换作我的话，自己生活都困难，怎么还会去替你交手续费呢？你真的该好好感谢恩惠。”出纳员姐姐即使不说这些，英宇也能感觉到那种无法言语的感激之情，“感谢”已经不足以表达英宇的心情。英宇感觉自己的心在痛，心痛伴随感激，英宇还不能明白这到底是一种什么样的感情。

“我也想像恩惠说的那样，在你不知情的情况下把钱替你存了，不过事情已经都这样了，总不能以后每次你来我都把座位空出来，装作恩惠有事出去了吧？”出纳员姐姐叹了口气，从身上掏出钱包，“这些就给你吧，这是恩惠留下来的付手续费的钱，我说我要帮你付，但恩惠硬是把钱塞给我，这都是为了你。她还特别嘱咐我要关照你。”

那是一张十万块钱的支票。“我不能要这些钱。”英宇哽咽着说道。

“拿着吧，这是你的钱，拿着就省着花，知道了吗？”出纳员姐姐担心座位空太长时间，说完话后就回自己的位置上去了。

“不好意思，我直接回店里去了。”从银行出来以后，英宇说道。民尚和秀灿都从英宇那知道了发生的事，也没有执意留英宇，“嗯，今天就咱俩玩儿吧。”

“嗯。”一直是鬼话连篇的秀灿今天也变得沉默了，今天英宇已没有玩游戏的心情了。

“我走回去就好了，你们坐公共汽车走吧，反正也不顺路。”英宇和伙伴们道别之后就先走了。民尚和秀灿站在一起，朝英宇渐渐消失的方向望了很久。虽然公共汽车站就停着一辆去秀灿家的车，不过两人却都没注意到，直到英宇的身影消失在他们的视线里。现在民尚和秀灿能够安慰英宇的办法，也只有这样远远地望着他了。

“民尚，那位姐姐，英宇每次去的时候都帮他付手续费，但在这之前他们根本不认识。”当英宇走远之后，秀灿开口说道，“存一次钱的手续费就要一千五百块？”

“对，每个银行都不一样，这家银行是这样的。”

“哦，我现在好像明白你之前说的话了。”

“嗯？什么话？”

“你不是说要会花钱吗？”

民尚好不容易从秀灿嘴里听到一句正经话，禁不住睁大眼睛望着他。

“就像你说的，今天去银行，我明白什么是会花钱了，以后也要跟着英宇经常去银行才行。”

现在才明白秀灿想要说什么，民尚忍不住笑了起来。在民尚认识的人中，恩惠姐姐是唯一一个能把一千五百块用得像一千五百万一样的人。

9. 宝拉家阁楼的窗户

恩惠姐姐走了之后，英宇就不再去那家银行了，坐公共汽车去市区内存钱，比付手续费要划算。他现在很长时间才去一次银行，之前有一丁点钱英宇都会去银行，不过现在不是了。

虽然害怕继母发现，但英宇还是把钱都放在家里。实际上继母也不会去翻英宇的东西，对于英宇的饮食起居，继母几乎从来不关心。继母一次也没帮英宇打扫过房间，因此英宇把钱藏在衣橱的最里面，是不会被发现的。

英宇今天去学校的路上顺便寄了封信，是给恩惠姐姐寄的信。这段时间英宇因为恩惠姐姐的离去，心里承受着很多负担。首先英宇看不到恩惠姐姐心里空荡荡的，她这么长的时间里一直在为自己费心，英宇觉得自己根本无法报答恩惠姐姐的情意，秀灿看到英宇这个样子后就劝他写封信。

“写信是最好的方法了，当面不好意思说的，电话里也不好讲的，在信里都可以写进去，你也别这么翻来覆去地想了，就写信吧，那样的话心里就会轻松一些。”

英宇之所以能和秀灿成为好朋友，正是因为秀灿给他写的那封信。所以昨天英宇听了秀灿的建议后，就在看店的时候写了封给恩惠姐姐的信。

恩惠姐姐：

您还好吗？我是英宇。

姐姐的妈妈去世了，您心里一定很难过吧？

我妈妈虽然没有去世，但我能体会到您的心情。英宇现在年纪小什么都帮不了您，心里觉得很难过。

智善姐姐把这些年您为我做的事都告诉我了。

姐姐虽然才22岁，但却是在我认识的大人里最关心我的，可是我还您的钱为什么不要呢？

智善姐姐说，知道了也没关系，这些钱我可以拿着用，可这样一来我心里的负担却更重了。

我在想，我对姐姐欠下的情，是不是应该通过帮助别的人来还。

可我现在还不能为别人做什么。

我有个叫秀灿的同学，他给我买了一双旱冰鞋，叫民尚的同学通过妈妈给我介绍了新的兼职，但我什么也帮不了他们。

事实上我不知道他们为什么要和我做朋友。

在我和姐姐以及朋友们认识之后才明白，虽然世上有很多坏人，但也有很多温暖的关怀。

另一方面我也很伤心，没有比我条件再差的人了，也没有人需要我的帮助。

我感觉自己真的很没用。

姐姐，我想您，什么时候才能再见到您呢？

听说旌善郡离这里很远。

英宇　敬上

英宇自己也不知道为什么要写这些话给恩惠姐姐，不过这些都是英宇的心里话，正如秀灿所说，英宇写出这些话以后，心里舒服多了。

英宇把信放进学校旁边文具店门前的邮筒里，转过身就看见宝拉也正朝这边走过来。自从上次民尚丢钱事件以后，英宇看到宝拉倍感亲切。不过不知道为什么，宝拉对英宇还是像以前那样不冷不热的。

宝拉这时看到英宇，就装作没看见一样把头扭到了另一边，脚步也加快了许多，好像害怕与英宇一起进教室。宝拉这样的举动令英宇很失望，英宇总觉得宝拉身上有和自己相像的地方，所以希望和宝拉的关系能更近一些，不过宝拉好像并没有这样的想法。

几天后的体育课上，大伙儿都缠着老师把练习平衡杠改为躲球游戏。英宇和秀灿被分到了一组里，英宇站在线外，秀灿站在线内要进行躲球，游戏一开始秀灿就展现了他的活跃。

秀灿不管是什么运动都很擅长，民尚所属的另一组人一个劲地朝秀灿扔球，秀灿每次都能完美地躲过去，或是把球直接接住。不过所有人都朝秀灿扔球，使得秀灿没过多久还是“中弹”退了出来。

“大家好像都讨厌我，为什么只攻击我一个人呢？”被击中出局的秀灿走到英宇旁边抱怨着。

不过秀灿在同学当中其实很有人气。因为很讲义气，秀灿在男生中间很有人缘；因为说话幽默风趣，女生也觉得和他在一起很有意思。

英宇也感觉很奇怪，为什么大家都很喜欢秀灿，却只攻击他一个人呢？虽然秀灿很会躲球，不过这一组里还有两个人也都不错。现在进攻和防守换过来，英宇站到了线里面，宝拉也和英宇一起进到了线里。看宝拉的表情，好像很不愿意到线里面去。

游戏开始了，宝拉原本白皙的脸变得更加苍白了。在英宇看来，宝拉对球很恐惧。

每次对手扔过球来，英宇都挡在宝拉前面替她把球接住，过了一会儿，英宇手里的球一不小心落到地上了，英宇走到线外面，还是一直在望着表情紧张的宝拉。不过超出英宇的预想，宝拉在线内待了很长时间，等到大家几乎都出局了，宝拉还在线内，虽然一直是战战兢兢小心翼翼的，但英宇对宝拉的表现很满意。

现在算上宝拉在内只剩下三个人了。“嗯？明明宝拉更近，别人为什么非得朝远处的另一个人扔呢？”英宇又发现了奇怪之处，仔细观察才发现，原来根本就没有人朝宝拉扔球，大家好像没有看到宝拉一样，努力地朝其他人身上扔着。

同学们几乎都是朝着自己喜欢的人扔，有时也会朝着自己反感的人故意扔去。不过宝拉并不令人讨厌，但她也没有什么特别亲近的朋友，经常一个人安静地待在一边，因此站在线里也就只有她不被人关注，英宇突然感到宝拉很可怜。

直到比赛快结束了，宝拉脸上仍然是索然无味的表情，也不像开始时那样努力躲球了，在旁边的人躲过一球

之后，宝拉稍稍碰到了皮球，因此也被罚出线外，不过看上去，宝拉好像是故意碰到球出局的。对于大家都玩得兴致勃勃的游戏，宝拉好像没有什么兴趣。

“把球送到体育馆的仓库里行吗？”体育课结束后，老师吩咐身旁的宝拉把球送过去，宝拉怀里连四个球都抱不住，搞得手忙脚乱。英宇看到后就跑了过去：“我帮你拿两个吧。”

宝拉什么也没说，就按英宇说的，把球递给了他。

体育馆仓库又窄又暗，虽然有窗户，不过很小而且还离地面很高，根本没法把仓库照亮。英宇和宝拉手里各拿着两个球进了仓库，由于筐子在最里面，两人为了躲避地上的垫子，都小心翼翼地往里走着。

“哐当！”

伴随着很大的声音，仓库里顿时黑了下来，仓库的门被风给带上了。“哎哟，吓我一跳，好像是风吹的，太黑了，放下球赶快出去吧。”不过没有宝拉的回答。

“宝拉！”英宇又喊了一遍，不过还是没人应声。

“你不会是在开玩笑吧？”但宝拉不是开玩笑的女

生，而且和英宇关系又不是很亲近，更不会这样了，英宇在黑暗里睁大眼睛寻找着宝拉。

“宝拉，你没事吧？”英宇渐渐因为担心不断地喊着宝拉的名字，也一点点地朝门的方向摸索着走过去。

吱——

门开了以后，仓库又亮了起来。“啊，宝拉！”英宇吓得喊了出来，他发现宝拉摔倒在地板上。

“不用这么担心的。”医护室的老师这样安慰英宇。看到宝拉倒在地上之后，英宇就喊来体育老师，老师背着宝拉把她送到了医护室。“身体没有什么大碍，神经敏感的人在受到惊吓时有时会突然晕倒，不过为了以防万一还是应该去大医院再做一次详细的检查。”

“嗯。”英宇点了点头，一颗悬着的心终于放了下来。

“没那个必要。”回头一看是宝拉，宝拉不知道什么时候已经醒了，坐在床上说道，“我原来也有时会突然晕倒，没关系的。”

虽然话是这样说，不过宝拉的脸色苍白，比继母煮过的毛巾还白，即使这样，宝拉也拒绝了英宇送她回家的请求，坚持说要一个人回家。

“还是送你回去吧。”

“不用了，你自己回去吧，我都说不用了，你干吗啊？”在路边折腾了半天，英宇故意用假装生气的声音说：“你现在看起来真的很奇怪，怎么这么倔呢，你这是在为难我！”

英宇以为说完这些话，宝拉就会同意送她回家，但和英宇想的截然相反，宝拉用怨恨的眼神看着英宇，之后一个人蹲坐在路边哭了起来。

“宝拉，对不起，我刚才……”英宇站在宝拉身边，不知道怎么办才好。

英宇绝对没有惹宝拉哭的意思，不过还是对刚才的行为感到很抱歉。哭了一会儿，宝拉终于停下来用手擦拭着眼泪。

“对不起。”英宇再次向宝拉道歉。

“没有，不是因为你，吓着你了吧？是我该说对不起才对。”

“那为什么哭？”

“……”

宝拉没有回答，默默地起身朝回家的方向走去。英宇跟过去把宝拉的书包拿过去，这次宝拉也没说什么。一路上两个人谁都没有说话。

“这就是我家。”宝拉家是一户很雅致的平房，隔着不到一人高的围墙，院子里的房子一览无余，这是一栋老式建筑。不过宝拉并没有马上进去的意思，眼睛怔怔地不知道在看什么。

“不进去吗？”

“英宇，你看到那边那扇小小的窗户了吧。”宝拉好像对英宇的催促没有反应，自说自话道，“那是阁楼的窗户，我小时候每天都趴在窗户上向下望，等妈妈回来。”说这个的时候，宝拉看起来很伤心，快要哭了似的。

“我今天不想回家，英宇，你陪我玩会儿行吗？”

英宇没法说自己现在得回去看店，更不能说不按时到店里继母就会拿苍蝇拍打他。

英宇和宝拉一起去了屋后面经常有人散步的小山，路边的大波斯菊正竞相开放着。白色的，紫色的，粉红色的……虽然不是有人特意种在这里的，不过五颜六色的波斯菊肆意地长在一起，看起来也很美。脸上刚刚还是仿佛遮了一层阴云的宝拉，看到这些花也露出笑容："大波斯菊是上帝最先造出来的花，所以生命力才这么顽强，在哪儿都可以生长。"

听了宝拉的话，英宇把鼻子凑过去盯着波斯菊看起来，波斯菊真的就像是小孩子用蜡笔画的那样，旺盛地生长着。

"我喜欢花，只要看见花心情就好了，男生根本不明白女生为什么喜欢花。"宝拉摘了一朵紫色的花缠到手指上，变成了香气四溢的花戒指。

"爸爸妈妈都不在了。"隔了好长时间宝拉终于又开口说话了，英宇吃了一惊，他是第一次听宝拉说。"这件事我是第一个和你说的，别人谁也不知道，爸爸妈妈在我五岁的时候就离婚了，但他们都不愿意抚养我，所以我就住到了奶奶家。"

“你爸爸妈妈还来看你吗？”听了英宇的问话，宝拉难过地摇了摇头。

“一开始爸爸妈妈还偶尔来看看我，不过最近再也没来过，爸爸妈妈都已经各自又结婚了，说是没法来看我了。”

英宇长长地叹了口气，每当他叹气的时候，大人们都会说他，经常叹气，自然就会是想那些不开心的事。不过英宇经常心里闷得厉害，不得不叹口气，现在想要大口地呼吸，这在原来也没有过。

宝拉五岁的时候，父母第一次带她到奶奶家里来，从阁楼上往下看，进来的人都能看得一清二楚。五岁的时候，宝拉每天做的事就是坐在阁楼里向下看，不管奶奶怎么叫她，直到天黑了，宝拉还是待在阁楼上等妈妈，等累的时候，回过神来的宝拉回过头看到阁楼里已经是漆黑一片，心中充满了恐惧。

落满灰尘的杂物里好像有鬼魂或是骷髅要跳出来，吓得宝拉边哭边喊妈妈，黑暗中仿佛有一只无形的大手突然伸出了要把宝拉抓走。不过等到第二天太阳快要落山的时候，宝拉又一个人上阁楼去等妈妈的出现……这样的情形持续了很长时间。不知道什么时候起，宝拉知道妈妈以后都不会再来了。

从那之后再也不去阁楼上了，但宝拉心里却留下了很深的阴影，只要是待在像阁楼那样的黑暗之中，心里就会发闷，觉得不安。严重的时候，就像今天一样在体育馆的仓库里晕厥。如今十三岁的宝拉仍然生活在五岁时阁楼的阴影里。

“我以为自己已经把这些都忘掉了，爸爸妈妈，还有阁楼里的恐惧……但好像并不是这样，每次回家高兴不起来的原因，是那个阁楼的窗户。每次快到家的时候，阁楼的窗户总是最先映入眼帘。”说话间宝拉的眼泪又止不住地流了下来。

英宇心里很难受，英宇很能理解宝拉心里的感受，至少，英宇还没有被父母抛弃。虽然英宇很想安慰宝拉，不过根本不知道该说些什么，而且现在不管说什么，宝拉的心情也不可能一下子好起来。

“真希望谁也不知道我是被父母所抛弃的孩子，所以一直以来，我不敢交朋友，也不敢邀请同学来家里玩儿，再说连亲生父母都不喜欢，又会有谁喜欢我呢？长得又丑，学习成绩也不好，心地也不善良，不会有人喜欢我的。”

听到宝拉的话，英宇跳起来说道：“不是这样的，你怎么能这么说呢？你这么漂亮，上次我被大家怀疑，你还那么信任我，像你这么善良懂事的女生去哪里找啊！你知道我有多么喜欢你吗？”说出“喜欢”这两个字，英宇和宝拉两人的脸同时都红了，红得像宝拉手指上戴着的花戒指。

“闵英宇，你是个笨蛋！”

英宇刚才一不小心说漏了嘴，现在恨不得用头去撞墙，虽然英宇根本没想说喜欢宝拉，但不知道为何就脱口而出了，其实英宇还有很多话想对宝拉说，因为知道自己说错话了，所以草草地告了别，跑回家去了。

回到店里，继母果然大发雷霆，虽然没有拿苍蝇拍打他，但拿了个过期的面包冲着英宇头砸了过来。以前每当这时，英宇的心情就很难过，不过今天不一样，与宝拉的伤痛比起来，英宇感觉自己所受的气就根本不算什么了。

等确定继母已经走了，英宇开始在店里翻找了起来。

“哪里有包礼物用的包装纸呢？”

小店由于被继母称作是“超市”，因此也有一些饼干饮料的包装纸，英宇自从不再糊纸袋以后，今天第一次又开始忙活了起来。

“嗨，这个给你。”第二天放学之后，英宇从后面跟上去，从书包里拿出礼物递给宝拉，是用红色的包装纸做的玫瑰花花环。先叠好一朵一朵的玫瑰花，然后扎成一个圆圈。“你不是每次见到花心情就会好吗？那把这个挂到阁楼窗户上吧，这样每次走到家门口的时候心情不就好了吗。”英宇红着脸说完就马上一溜烟似的跑掉了。

宝拉连声谢谢也没来得及说。看着英宇的背影，宝拉低下头欣赏起花环来。好像生怕别人不知道是“超市女主人的儿子”制作的，每个玫瑰花瓣上都印有“美妙制果”的字样，一看就知道是用糖果包装纸做的，宝拉也忍不住笑了出来。

“真漂亮。”宝拉不由自主地把花环放到鼻子前闻了闻，真的有香味。宝拉今天终于知道，一个人心里也可以有香气，现在宝拉有了交朋友的勇气。有英宇这样的朋友，宝拉觉得自己真的很幸运。她也按英宇所说，把花环挂到了阁楼窗户外面。

回到家后，英宇看到信箱里有寄给自己的明信片，是恩惠姐姐寄来的。英宇心里高兴得不得了，连书包也没来得及放下就急忙看了起来，明信片上是江原道的风景，后面则是恩惠姐姐隽秀的字迹。

英宇，信我已经收到了。

妈妈去世以后，虽然很难过，不过这段时间和弟弟一起熬了过来。

听到你说因为欠我的而心里有负担，这让我觉得很抱歉，本来想一直瞒着你的，没想你这么快就知道了。

不过有一点你想错了。

你不是一无是处的孩子！

英宇，即使你没给过别人什么，有你的存在，就会给别人带去幸福，你就是这样的人。

虽然你觉得什么也没为我做过，但事实不是这样的，其实我也从你那里得到了很多。

信看完了，但英宇还是不能完全理解明信片上的话，特别是不明白自己到底给过恩惠姐姐什么。

“我真的没有什么东西可以给别人，对宝拉我也只给过包装纸做的花环，怎么能给别人带来欢乐呢？”英宇躺在地板上，把明信片翻来覆去地看了一遍又一遍。那天晚上，要是英宇能看到宝拉挂花环时微笑的模样，也许就会明白恩惠姐姐所说的话了。

10. 小小送报员——英宇

“这，这，哎，真是太可怜啦。”隔壁奶奶一边看电视，一边捶胸顿足，英宇已经很长时间没来“笨笨”的奶奶家了。

路上碰到后，奶奶说要一起去买烤地瓜吃，不过吃完以后也不放英宇走，没办法英宇只好留下来坐会儿。

听到奶奶说话声，英宇瞄了一眼电视，画面里正播放着领着一群年幼的弟弟妹妹、年迈的奶奶艰难度日的“少女家长”的故事。在又窄又暗的房间里，这群孩子正在吃着晚饭，廉价的香肠和萝卜泡菜就是他们晚饭的全部。

“为了帮助这些‘少年、少女家长’，我们正在接受捐款，现在打进电话，就可以为孩子捐出两千元。”听到这里，奶奶立即拿起了电话，并且按下了捐两千元钱的电话号码。

“奶奶，您要捐款？”

“嗯，除了这些，像我这样的老太婆还能为别人做点什么呀。”

“但是奶奶上次为了受水灾的灾民不也电话捐款了吗？”

“电视里的捐款活动，我一次也没落过，而且很用心地在做。人活在世上，哪怕只有微薄之力也要尽量去帮助别人才对。”奶奶因为眼花的缘故，按错了电话号码。

“奶奶，我替您拨吧。”英宇拿过电话按下号码。他猛然发现，从前认为只有赚钱多才有能力帮助别人的想法是错误的。

奶奶的子女都不在身边，只是和一条叫“笨笨”的狗相依为命。儿子在首尔，但生活得也很艰难，没法给奶奶寄生活费，所以奶奶平时一个人靠糊纸袋为生，整天都坐

在那里糊纸袋。很多时候等到天快黑了，奶奶才站起来想要去开灯，但腰太疼了根本都站不起来。

但为了帮别人，奶奶每次都会打电话捐款。电视里那些苦苦支撑整个家庭的孩子，如果知道捐款中也有奶奶的一份，肯定会更坚强地生活下去。

这时英宇也有了想法："我就没有能帮助别人的办法吗？"

“嗨，闵英宇，我们还是小学生呢，怎么帮别人啊？我们努力学习抓紧长成大人，到那时再帮别人也不晚啊。”

“秀灿，我这次明白了，现在觉得自己还小什么都不去做，以后长成大人了，还是一样做不了。”

“你真是个怪人，自己连买旱冰鞋的钱都没有，却喊着要帮助别人。”民尚也不理解英宇的想法。

英宇和民尚觉得，现在能做的，就是召集大家都参与进来，一起捐款，英宇也放弃了试图让大家理解他的想法。因为他曾经得到过别人的帮助，所以英宇深深懂得帮助别人是多么重要。

这种心情光靠语言是无法让同学们去理解的，大人们经常说“穷帮穷”，英宇现在充分理解这层意思。

星期天的清晨，英宇卖力地擦着民尚及其他邻居家的车。天气渐渐变冷，洗车也变得越来越难，早上用大桶装好水，然后蘸上肥皂水，擦上一会手就冻僵了，再加上从上个星期开始，民尚就不再来擦车了。民尚抱怨洗车的活太苦太累，他死活不去，民尚爸爸妈妈也不再强求。

虽然因此英宇每月的洗车费也高了不少，但是要干之前两倍的活。英宇这段时间还是很幸福。存折里的钱迅速多了起来，这让英宇也非常满意。照这样下去，用不了多久就可以攒到一百万了，放假的时候就可以去找妈妈了。想到这里，洗车就变成了件开心的事。

太阳还没出来，英宇边哼着歌边洗车，不过星期天大清早起来工作的并非只有英宇一个人。

一个像高中生模样的大孩子骑着装报纸的自行车挨家挨户送报纸，看到这里英宇也突然有了想法。

“是啊，只要是大清早的活我都可以做呀。”英宇洗车的活也是在星期天早上，继母每天都要睡懒觉，到现在也没有发现英宇早上出来做工。

“哥哥，等一下！”英宇叫住了送报纸的高中生。

“怎么了？”

“我也想做送报纸的工作。”

“这活看着容易其实很难的，既要熟悉路，又要记清哪家订了报纸，你这样的小孩子干不了太多，钱也挣不了多少的。”

“那我也想试试。”

“那今天白天来报纸配送站吧，就在村委会的对面，很好找，送报纸的活太累没多少人愿意做，所以最近正好缺人手。”

“嗯，谢谢，谢谢……”英宇一连说了好几个谢谢，高中生感觉英宇很滑稽，看了看他又继续去送报纸了。

从第二天开始，英宇成了送报的少年。

11. 最先叫出自己名字的老师

大清早送报纸的确不是件容易的事，英宇一开始还不会骑自行车，好长时间内都是跑着去送，等送完的时候，英宇已经跑得满头大汗了。

在民尚和秀灿的帮助下英宇学会了骑自行车，之后英宇开始骑着从报纸配送站那儿借来的自行车送报纸，因此送报纸也变得容易一些了。

一开始只顾着没头没脑地疯跑送报纸，不过后来英宇也开始注意观察了，大部分订报纸的都是住得又干净又宽敞的人家。很少有像“笨笨”奶奶那样家境的人订报纸，英宇家也从来不订报纸，一份报纸一个月要一万两千块，对于生活不富裕的人来说也不是小数目。

报纸配送站每天都有很多卖不出去的报纸，堆得像小山一样，最后都要送到再生资源中心。令英宇感觉很着急的是，尽管有很多人想看报纸却买不起，但每天还有那么多剩下的崭新报纸，被当做废品，加工成再生手纸和再生包装纸等等。

每天送报纸的路上，英宇都会给隔壁邻居以及“笨笨”奶奶家送一份，英宇的隔壁还有一位患肾病的阿姨，自己带着两个孩子。为了不让这些想看报纸的人产生误会，英宇第一次送的时候还顺便留了纸条：“免费送的，请您放心地看。”

大清早忙活一圈下来，食欲也大增，再加上时间也很充裕，开始送报纸后，英宇每天就吃完早饭再去上学。

英宇今天也赶在继母起床之前，从冰箱里找了点吃的，早上吃饱了，身上也不觉得冷了。到了学校，同学们已经来了有一半了，大家闹哄哄的，平时有的趴在桌上睡觉，有的互相打闹，干什么的都有，不过今天好像有什么事情似的，大家三三两两地聚在一起议论纷纷。

“出什么事了吗？”英宇捅了捅聚在一堆人里的民尚问道。要是秀灿在肯定会主动地到处宣传，不过今天秀灿这个“迟到大王”还没有来。

“来新老师了，我们的新班主任。”听了民尚的话，英宇“嗯”了一声就回到自己的座位上去了。

“怎么了？英宇难道你不高兴吗？我觉得挺好的。”

“你是班长当然这么觉得了，没有班主任的班比较难管，我无所谓，都快放假了，现在才来有什么用？还不如像以前一样更好。”

“话是那么说，但……”民尚对英宇今天的态度觉得很奇怪，从来不议论的英宇，今天却像秀灿一样抱怨个没完。

事实上从小学一年级开始，英宇对于老师就没什么太好的记忆。也许是妈妈走了以后，再也没有人来参加开家长会或教师节的活动，老师也就不再关心英宇了。

英宇没有什么特长，平时也比较安静，每次升一个年级，新班主任都是最后一个才记住英宇的名字。四年级的时候，班主任老师到一学年结束还把英宇名字记成了“英浩”。

民尚学习好，妈妈是家长会会长，老师自然喜欢这样的学生。另外，即使是有时会捣乱，老师也比较喜欢秀灿这样的学生，在老师眼里，英宇只不过是再普通不过的学生罢了，所以有没有班主任在都一样。

“想想看，我们就快上初中了，小学最后阶段没有送我们去初中的班主任，那该多么遗憾啊。”

英宇没能反驳民尚的话，就点了点头表示同意。班主任进来的时候班里所有人都吃惊地张大了嘴，是一位很慓悍的男老师。一开始大家都以为会是个年轻漂亮的女老师，之前有人偷听到说是“大学毕业没多久的一位年轻老师”，就误以为是个“漂亮的女老师”，再加上小学里年轻的男老师本来就不多。

“同学们大家好，我叫朴载勋，能和大家在一起的时间也没有多久了，所以希望咱们相处愉快。”班主任洪亮的声音响遍教室的每个角落。老师笑眯眯地弯着腰看着孩子们，班主任是个大高个，刚才进门的时候头顶差不多都要碰到门框了。

“闵英宇。”英宇吓了一跳，才第一次见面，班主任就能看着英宇点出他的名字。

“是，是。”英宇结结巴巴地答应着从座位上站了起来。

“你们有什么问题就问吧，我一个人在这儿做自我介绍，不如你们提一些你们想知道的我来回答。英宇，你对我有什么想了解的？”

突如其来的状况，让英宇脑子里一片空白，什么也想不出来了。同学们都在用眼神催促他快点提问，慌乱当中，英宇胡乱地提了个问题。

“老师，您为什么要当老师呢？”一个莫名其妙的问题。但大家都将视线转移到班主任身上，也许这也是所有的同学最关心的问题。很少有男的愿意当小学老师，大家都觉得他应该去当一名运动员或是功夫演员。

小学老师对于女性来说是比较合适的职业，下班时间比公司早，还有几个月的带薪假期，结婚后也不必像其他女性那样要回家做家庭主妇，而是仍然可以继续工作。所

以这样一位大块头的男老师当上小学老师，大家都感到很好奇。

“我喜欢玩儿，和你们这群孩子在一起玩儿会很有意思。”

“但老师又不是陪着学生玩的职业。”

“不对，小时候玩也是一种学习，你们把学习当成是玩就可以了，以后咱们大家一起好好玩儿。好了，下一个问题。”从下一个问题开始大家举手发言了，每个人老师都能准确地叫出他们的名字来。

“这老师真有趣，好像是事先看照片把我们的名字都背下来了。”秀灿一副兴致勃勃的样子说道。英宇的心情也很不错，今天是英宇长这么大头一次被第一个点名。

放学后英宇路过“笨笨”奶奶家，奶奶一看到英宇就拉住他的手不住地表扬道：“真是太谢谢你的报纸了，你怎么想出这个主意的？我因为眼花不能全都看清，不过光看大标题的字就好像重新回到社会上一样，而且这报纸还有很多用处，可以用来晒山野菜，炸鱼的时候用来防止溅油，裁开还可以放在卫生间里……之前我都是在一些富人家门口顺便捡一些，现在每天都有报纸，真是太好了。”

英宇没想到奶奶会这么喜欢这份报纸，晚上隔壁阿姨也着实夸奖了他一番：“自从生病以后，感觉与世隔绝了，看着报纸，好像又有回到社会的感觉，每天早上收到报纸，就像收到礼物一样，多亏了你，像我们这种人也能读到报纸了。”

不过是一些很普通的报纸，没想到这么多人会喜欢，英宇因此也有了很多想法。不管是老奶奶还是隔壁阿姨，都不是因为读报纸而开心，是喜欢每天都有人为送报纸而光顾她们家的这种感觉。清苦的生活，让她们整日待在家中，好像感觉与世界隔离了，不过这一份小小的报纸让她们感到，“原来我们是这个世界的一分子”。

在送报纸的过程中，听着邻居们议论，原来在这世界上还有很多不幸的人。

英宇小时候起就喜欢看爸爸读报纸的样子，看起来阅历丰富很有知识的样子。但英宇也只是偶尔才看到爸爸这个样子，现在更是几乎看不到他读报纸，英宇觉得还要多投些报纸，肯定也有其他孩子喜欢父母读报纸的样子。

从第二天起，英宇又给更多的人家免费送报纸。有一家人，爸爸在工地上弄伤了腿在家休息；一户兄妹两人靠勤工俭学读高中；一对老夫妻因为车祸失去孩子，辛辛苦苦抚养孙子长大。虽然为了给这些人送报纸英宇要更早出门，但心情却更好了。也许听不到他们说一声“谢谢”，不过英宇并不在乎这些。

这几周的时间里，英宇仿佛成了村子里的守护天使。

下雨时送报纸，英宇就顺便把别人家晒的野菜移到屋檐底下，看到被风吹到地上的信件，也会顺手捡起来放到信箱里。

“给我们家也送一份报纸好吗？”一天清晨，英宇给那家勤工俭学的兄妹送报纸时，忽然听到一个男人声音，吓了一跳，回头一看，竟然是自己的班主任。

“我付钱订报纸。”英宇惊讶地张大了嘴，看到英宇这个模样，班主任忍不住笑了。

“我现在是租房住在他家的隔壁，你知道这家兄妹收到报纸的时候有多高兴吗？最近为了考试需要多看报纸，但订报纸的钱都没有，每次都是向村子里的其他人借几天前的报纸看。你是不是写了张‘这是剩下的报纸，所以不收钱’的字条，我还想是不是哪个小学生的善举，一看竟然是你呀。”

英宇不知道该说些什么好了，打破尴尬最好的办法就是转移话题。“老师怎么起得这么早啊？”

“我每天早上都运动，所以才有这身强健的肌肉。”

“老师，您好像很自恋啊。”

看着英宇一副不屑的表情，班主任也满脸带笑并不生气。

“一会儿学校见吧。”老师说着已经跑远了。

上课的时候老师也是笑嘻嘻的，秀灿忍不住大声问道：“老师您今天有什么好事吗？”其他学生也是急切想得到答案。

“老师您是拍拖了吗？”

“昨天发工资了吧，老师？”又有人问道，同学们顿时七嘴八舌乱成一团，等安静下来之后老师开口了：“我今天才发现，原来这个世界真美好啊。”

学生们都在认真听着。“我小时候就经常做运动，其实也不叫运动，而是打架罢了，讨厌这个世界，讨厌别人，动不动就和别人大打一架。上高中的时候，一个老师让我重新振作起来，虽然我进派出所就像回家一样，但老师一直关心我爱护我。一开始我很讨厌老师这样关心我，以为只是想着他自己，才装出一副同情别人的样子，这种人我见得多了。但后来我渐渐感到，老师真的是在无私地关心我，老师对我说，‘即使世上坏人再多，也肯定有值得留恋的地方’，因此我就开始努力学习，但即使当了老师，始终还是没能完全理解老师的话。但是现在我好像是真的明白了，今天我遇到了一个悄悄地传递爱心的小天使，虽然他自己都不富裕，却一心为别人着想，我确信这个天使总有一天会得到回报的。”

听完老师的话，同学们议论纷纷，猜测着那个天使到底是谁，但老师直到最后都没有说：“嘘！那个天使不喜欢我把他说出来的。”

不知道为什么，英宇的脸这时一下子就红了。

12. 爸爸的眼泪

“英宇，我们去网吧玩游戏吧。”

“可我现在得去趟报纸配送站。”

“是吗？今天要发工资了？”

“嗯，我明天请客，去学校门口的小吃店吃炒年糕和饺子吧。到时候放学后六点见，对了，一定要叫上宝拉。”

“真是的，这时候果然忘不了女朋友，我也要去向金荷娜表白。”

英宇高兴了起来，这段时间就算领到了洗车的工资，也没能请朋友们吃一顿。因为本来钱就很少，还想存起来尽快去见妈妈。但是这次不同，英宇第一次拿到十五万块钱的“巨款”，即使请朋友们吃一顿也肯定够了，虽然英宇还想给爸爸和继母买件内衣，不过这样的话自己偷偷做兼职的事情就会被发现了。

把这次的工资也存进银行里，就超过一百万了。没准儿这个假期就能见到妈妈了，实际上要是不请京哲他们家人吃晚饭的话，英宇还能更早点存够一百万。如果回到妈妈身边的话肯定要转学，明天也许是英宇请朋友们吃饭的最后机会了。不过和妈妈一起住也会有遗憾，好不容易才有民尚、秀灿这样的朋友，还有了自己喜欢的女生，去找妈妈的话就得和他们暂时分开了。

报纸配送站里，老板正一边看报纸一边打哈欠，英宇一想到今天要领到工资，心里不禁激动起来，终于可以领到一沓一万块的钱了。

“老板好。”

老板抬起头看了看英宇：“大白天的，来这儿有什么事？”

“今天不是要发工资吗？”

“嗯？工资不是已经发过了吗？”

英宇看着莫名其妙的老板，好像就此掉到了三维世界一样。看着老板肯定的表情，英宇也重新想了一下“是不是真的已经领了工资”，不过想了半天还是没有，要是领了，英宇肯定不会忘记的。

“早上你妈妈来领了，说是来帮你领的。”

是继母，不过继母是怎么知道英宇在送报纸？又怎么提前来把工资领走的呢？出了配送站，英宇没命地一路向小店跑去。

“这是什么样的钱？什么样的钱……”继母开着收音机在打着盹，听见英宇用力拉门的声音，继母醒了不耐烦地说：“轻点不行吗？你是不是想把门给撞碎呀？”

英宇怒视着继母。

“把我的钱还给我。”

“什么钱？”

“我送报纸挣的工资不是被你领走了吗？”

“那怎么是你的钱呢？我供你吃供你穿，怎么就成你的钱了，你说说？家里生活这么困难，你不想着为家里分担一下，还要自己偷偷地拿着这些钱花吗？要不是听到后院的善民提起，我都还蒙在鼓里呢。自己做错了不想着怎么求饶，还在这让我把钱给你，你这德行是跟谁学的？”

英宇虽然不喜欢继母但从来没恨过她，但是现在却非常地恨她：“把钱拿出来。”

看到这么坚决的英宇，继母心里也有些怕了，不过她还是把头一扭说道：“没有钱。”

“骗人！快点把钱还我！”

“真的，已经花掉了。”

这时英宇想到了什么：“那……钱都交给那个传销公司了？”

看着继母迟迟不回答，英宇知道了和预想的一样，英宇一下子觉得腿都要软了。

“大婶，你疯了吗？”英宇怒了。

啪！

英宇顿时眼冒金星，脑子一片空白，呆呆地站在那儿。

“你就因为那点破钱，竟然敢骂长辈，等你爸回来不

담배

把你打死才怪。”

这个耳光，比之前被苍蝇拍打、被洗衣服的棒子打还要疼，英宇不是疼在脸上，而是疼在心里。

“再也不和你一起住了，再也不！”英宇一下子冲出门外。回到家收拾好行李，又小心翼翼地拿出了藏在衣橱下的存折和图章，然后英宇就去汽车站坐上了开往市区的汽车。

夜深人静，街上也渐渐冷了起来，英宇身上只穿了一件薄薄的T恤衫，更觉得浑身发冷。英宇自己也没想到，就这样离家出走了，原本他以为只有那些坏孩子才会这样。

“既然这样了，那就去找妈妈吧。没存够一百万又能怎么样呢。”不过英宇并不知道妈妈住在哪里。英宇后悔只想存够一百万，没有事先从爸爸那儿打听清楚妈妈的住址。想到如何才能打听到妈妈的住址，英宇一筹莫展。

“太冷了，怎么这么困呢……”

英宇最后还是进了家旅店，店里的大妈不时用可疑的眼神看着英宇。

“住一天要多少钱？”

“三万。”

英宇被这么贵的房费吓住了，得洗一个月的车才能赚三万块！英宇想了想还是离开了那家旅店，重新回到冷风肆虐的大街上。不管有多么困难，给妈妈带去的钱都不能花。为了找个避风的地方，英宇在大街上四处徘徊，手指都已经冰凉了，而且眼皮直打架。

为了避风，英宇倚坐在一座大厦的外墙旁边，这时对面路边的便利店映入了眼帘，四面都是干净的玻璃窗，里面的摆设看得清清楚楚，别有一番天地的感觉。英宇像是被吸引住了一样不由自主地朝便利店走去。进去后买了碗最小的碗面，捧着用热水泡的方便面，英宇觉得现在终于能活下去了。

就在这时，爸爸的身影出现在玻璃的另一头，爸爸好像看见了英宇一样快步向这边走过来，脸上一副怒气冲冲的表情。英宇赶紧扔下还没吃完的面出了便利店，向着相反的方向没命地跑了起来。

“英宇，你还不给我站住？”爸爸在后面一边喊一边追。英宇没命地跑着，连自己已经到了马路中间都不知

道。

“哐！”

刺耳的汽车喇叭声传入英宇耳中，有一辆车猛地撞向英宇。

“英宇！”爸爸的声音渐渐飘远了。

“妈妈，妈妈……”英宇不停地呼喊着，一时间晕了过去。

“英宇。”

“英宇，你醒了吗？”

等英宇睁开眼睛的时候，床前有许多人都在同时呼喊着自己的名字。民尚、秀灿、宝拉还有班主任老师都在担心地望着他。宝拉和英宇的视线一接触，就立刻哭了起来。

“到底……是怎么回事啊？”英宇一脸茫然地问道。

“你出车祸了，这里是医院。”民尚对他说，英宇这才注意到自己的胳膊和腿上都缠着绷带。

“腿骨有点裂缝，胳膊也受了点伤，不过幸好其他地方都没事。听说你晕过去是因为惊吓过度造成的。”老师抓着英宇的手说道。

“不过你们是怎么知道的呀？都这么晚了……”

秀灿看着满脸是伤的英宇，强忍着眼眶中的泪水说：“忘了吗？你说放学后六点在校门口见面的，你没来所以我们就去小店找你了。但店里一个人都没有，到你家去的时候，大婶说你离家出走了，我们赶紧告诉了老师。”

这时英宇发现了站在远处的继母，继母也正向这边看，和英宇对视后，继母很不自然地走过来把水和药给英宇准备好，然后就走出了病房。

“我爸爸呢？”

听了英宇的话，班主任为难地说道：“你爸爸昨天回家听说你离家出走了就出来找你，害怕你在外面冷，所以很担心。你爸爸觉得因为他的原因你差点被撞死，现在非常地自责。”

就在这时，爸爸推开门走了进来，老师就带着孩子们出了病房。“英宇，好好休息，明天放学了我们再来看你。”

朋友们含着眼泪和英宇告别，爸爸在旁边沉默了很长时间。

“我都听你的老师和朋友说了，你为了去找妈妈在努力存钱，是不是？”

“嗯。”

“一百万攒够了吗？”

英宇摇了摇头。

“真是个傻孩子！一百万能干什么啊……我随口说的一句话，你就当真了，还受了这么多苦，我连自己说过这话都想不起来了。”

“爸爸，我现在不是小孩子了，也知道不是非得攒够一百万妈妈才能要我，我也知道一百万根本不够我和妈妈生活的。”

“那为什么还要这么死心眼儿地攒钱？”

“那是我的目标，我能攒够一百万，就可以证明我不是小孩子了，去妈妈那里也可以帮上一些忙了。”

听完英宇的话，爸爸没有再继续问下去，而是低下了头，强忍着泪水。

“都是我不好，真的对不起。”低着头的爸爸，眼泪一颗颗落了下来。英宇第一次看见爸爸流眼泪，英宇挣扎着伸出缠着绷带的胳膊，抓住了爸爸的手。

“爸爸，送我去妈妈那儿吧，好不好？”

爸爸好一阵子什么也没说，就是这么抓着英宇的手，好像在艰难地做着什么决定。

“这是二十万，是这几天的工钱，虽然喝酒花了一些，不过还剩下这么多，拿着凑足一百万去找你妈吧。虽然你妈过得也挺难，不过你在她那里肯定要比跟着我好。”

爸爸好像心里很苦闷，掏出一根烟来，不过突然想起这是在医院，重新把烟又收了回去。

“不过，爸爸不是你想的那样对你漠不关心，我难道会不知道你继母对你不好吗？虽然当着你继母的面我经常训你，不过你不在的时候我也经常冲她发火。但现在想想我真是很愚蠢，是我自己没用，差点还让自己的儿子被车撞死。”

爸爸紧紧抓着英宇的手。

“我虽然只有你这么一个儿子，不过你这么想要去找你妈，我又能有什么办法。去和你妈一起过吧，要是万一日子太苦过不下去了就再回来。你要是回来的话，我就再也不喝酒了，也保证不再打你了。你继母现在也觉得很对不起你，她已经不再做传销了，跟我保证说专心经营小店。”

英宇也紧紧握着爸爸的手。虽然没有说出来，但英宇在心里已经向爸爸许诺：“我不会再回来了，但是我不会忘记，我是您的儿子。”

13. 新家

大冬天，一个难得的阳光明媚的下午，英宇和朋友们告别之后，就坐上了长途汽车，车窗外朋友们的身影已经渐渐消失了，民尚、秀灿、宝拉……都在哭。

英宇现在就是去找连做梦都想见到的妈妈，书包里装着那张一百万元的存折，可事先也没能和妈妈联系一下，爸爸也只知道妈妈在春川的一个市场里做生意，没有其他联系方式。

这儿离春川很远，英宇闭上眼睛但却怎么也睡不着。从车窗上英宇看到自己的影子，妈妈不在，自己也这么一天天地长大了。英宇为了让妈妈看到自己干净帅气的样子，出发之前特意理了发、换上洗干净的衣服。不过觉得自己样子还是很土，六年没见到妈妈了，希望妈妈能喜欢现在的自己。

终于看到春川的路标了，英宇仔细地朝窗外看着，因为这是以后要和妈妈一起生活的地方。英宇对春川感到很亲切，这是一个干净又温暖的小城，不过却不知道妈妈住的地方是什么样子。

英宇一路打听找到了据说是妈妈做生意的市场，因为不知道妈妈到底做的是什么生意，所以每个小店英宇都要进去看一下，但是找了大半天也没看到妈妈的身影。

“难道我已经认不出妈妈来了？不可能啊，就算时间再长，我怎么可能忘记妈妈的样子呢？况且每天都看照片……”

直到太阳快落山了，还是没能找到妈妈。背着沉重的书包在市场里来回转，吃午饭后已经过去很长时间了，英宇转了很久，肚子也饿得厉害，市场到处都飘着饭菜的香味，英宇决定先简单吃点东西。

烤糖饼、馒头、炒年糕、汉堡包、鱼丸……正不知道该吃什么好，英宇发现了一个卖各种油炸食物的小吃摊。

“就吃两串吧。”英宇向小吃摊走过去。

“多少钱一串？”一边指着炸鱿鱼一边向摊主望去的英宇吃了一惊。正忙活从油锅里捞出炸串的摊主，正是自己日思夜想的妈妈。之前听到妈妈在市场做生意，英宇就只转了一些店铺，没想到妈妈开的是一个露天的小吃摊。

“妈妈！”

妈妈一开始也在想这是谁家的孩子，不过马上认出了英宇，眼泪也跟着流了出来。

“英宇都长这么大了，这么大了，现在都快成大人了，妈妈不在英宇也都长这么大了。”妈妈抚摸着英宇的脸和手，一遍遍地念叨着英宇的名字，好像是要确定这到底是不是真的。英宇也觉得现在好像是在梦里一样，心里暗暗决定，以后再也不和妈妈分开了。那时虽然还只是小学一年级，但现在英宇已经要上初中了，英宇自信再也不会和妈妈分开了。

“咿呀——咿呀——”英宇正倚靠在妈妈的怀里，旁

边传来了奇怪的声音。

“啊，对了。”妈妈转过头看着后面，英宇也顺着妈妈的视线看过去，不禁吃了一惊，一个还很小的孩子坐在地上，这么冷的天小孩就坐在一摞纸盒子上自己玩，一喘气鼻涕就一抽一吸的，小孩这时也瞪大了眼睛看着英宇。

“这小孩是谁啊？”

“……是你妹妹。”

“我妹妹？”英宇疑惑地眨着眼睛，他从没听说过自己还有个妹妹。

“今天生意也冷清，英宇也来了，就早点收摊，赶快回家吧。”

妈妈把剩余的几个炸鱿鱼包好，又开始整理碗筷。

英宇就这么和妈妈坐在小屋里，两人的手紧紧握着聊了很久。

英宇妈妈在拿到安抚费后本想做生意，不料却被人把钱骗走，带来的钱全都没有了，正在困境中，遇到了一位喜欢妈妈的大叔，两人结婚两年后生了个漂亮的小孩。

但那个大叔并不是什么老实人，天天酗酒，喝完酒就打英宇妈妈。但妈妈不想让英宇的悲剧再重演，一直希望和大叔好好过日子，不过那大叔最终还是丢下妈妈和三岁大的孩子走了。

因为带着个孩子不方便，妈妈到处都找不到工作，无奈之下只能借钱开了这家小吃摊，背着孩子做生意，累了就把孩子放下歇会儿，这么冷的天连大人都受不了，孩子也因此经常感冒。

妈妈直到三年前还偷偷地去看过英宇，之后有了妹妹，大叔也不辞而别，妈妈就再也没有时间去看英宇了。

“真没想到英宇是在过那样的生活，是妈妈的错，妈妈的错。”妈妈听到英宇说继母经常为难他，不禁又流下了眼泪。英宇没把存钱的事告诉妈妈，因为怕妈妈再难过，想等到有合适的机会再和妈妈说。这笔钱虽然很少，但它是英宇和妈妈将来一起生活的弥足珍贵的本钱。

英宇感觉到很奇妙，突然多出一个妹妹来，还是个漂亮的小女孩。

妹妹一开始好像很怕英宇，一直躲在妈妈后面不说话，现在也开始爬过来碰一下英宇的手，逗英宇笑。

“妹妹叫什么名字？”

“秀贞。”

“好美的名字，来，哥哥给你好东西。”

英宇把朋友们从长途客运站买的糖果拿出来递给妹妹，但看见糖果，妹妹只挥舞着胳膊，并不过来。

“英宇，秀贞现在还不会走呢。”

“都这么大了，不是说三岁了吗？”

“嗯，不过好像出生之前发育不好，得做手术才行。”

这么可爱的妹妹没法走路，没有钱给妹妹做手术，英宇为妈妈这么困难的处境而难过。英宇仔细打量着妈妈，妈妈比离开英宇的那时候老了很多，脸和脖子上多了很多皱纹，黑黑的眼袋也出来了。

“妈，我来是想和您一起生活，可以吗？”

妈妈听完后用担忧的表情看着英宇，好长时间也没回答英宇。

“妈妈没有一天不在想你，现在也很想和你在一起，但我现在过得这样，你跟着我会受苦的。”

“不管再苦，只要能和妈妈在一起怎么样都好，求求你别让我回去，妈妈……”英宇不知不觉眼泪就流了下来。六年了，英宇离开妈妈已经过去了六年，英宇再也不想和妈妈分开了，妈妈抱着英宇，眼泪也流了下来。

“嗯，英宇，我们就在一起，永远也不分开了。”

英宇就这么和妈妈抱在一起聊了很久，不知不觉整整一夜已经过去了。

14. 妈妈，您保重!

几周的时间像梦一样地过去了，英宇有时候帮妈妈卖小吃，也能在妈妈做生意的时候照看妹妹。虽然英宇一天只能在很晚时才见到妈妈一会儿，不过英宇已经觉得很幸福了，日夜思念的妈妈，现在天天都可以见到。有了英宇的帮忙，妈妈的身子也一天天轻松起来了。

“英宇的手这么巧，交给你做什么事我都放心。你看，妈妈现在底气都比原来足多了。”就像妈妈说的那样，英宇这几周也稍稍胖了一点，脸色也比以前好得多了。

“英宇，试试这个。”

“这是什么？”

“从市场买的，不知道你穿着合不合身，这么多年都没给你买过衣服了……”

妈妈拿出来的是一件深蓝色的羽绒服，英宇穿着很合适。还是妈妈最好，英宇只听说过羽绒服，没想到穿上以后这么轻便这么暖和。

“哥哥……啊巴巴，卜卜卜……”

秀贞拉着英宇的手，嘴里不知在说什么，英宇只听清楚“哥哥”这个词。

“秀贞在说你穿上这衣服以后好看呢。”妈妈笑着充当了秀贞的翻译。

“说的是这个吗？这是哪国话呀？”

“就是小孩国的话，只有当妈的才能听懂。”

“切，哪有那种地方？”

英宇抱起秀贞转起了圈，感觉穿上羽毛做的羽绒服，好像就可以真的飞上天了。

“是民尚吗？我是闵英宇！”

“什么？英宇？”电话那边突然乱了起来，听起来好像是民尚和秀灿在一起，听到是英宇打来的，秀灿抢着要先接。

“怎么现在才来电话啊？我们都等你消息呢，找到你妈妈了吗？”是秀灿的声音，抢电话的过程看来是秀灿赢了。

“嗯，这段时间一直没抽出时间来打电话。”

“见到妈妈真好，我们要是也在那儿就更好了……”

“我也想啊，要是我妈能和我一起回村里住就好了。”

“哎呀，民尚跟我抢电话，他掐我呢。这人怎么这样呢。”

过了一会儿英宇又重新听到了民尚的声音：“放假结束之前，我们准备去你那儿玩儿，把你的联系方式告诉我们。”

“嗯，你们要是来我请你们吃炸鱿鱼，宝拉现在怎么样？”

“挺好的，你走后虽然很难过，不过现在已经好多了，现在也开始和同学们一起玩儿了。”

“那就好，‘笨笨’的奶奶也还好吗？”

“嗯，照你说的，我们有时会去她那里待会儿，帮她一起糊纸袋，奶奶非常开心。”

“谢谢。”

“谢什么谢？长途话费贵，就先挂了吧。”

英宇心里很感激民尚，因为民尚总是为他着想。英宇并不是不感谢秀灿，秀灿对英宇不比民尚差。英宇心里时常在想，尽快变成大人有能力了，也好回报他们的恩情。

“英宇，吃饭吧。”妈妈已经把晚饭准备好了，刚刚出锅的饭菜散发着阵阵香气，凉拌豆芽、萝卜汤、炖豆腐……虽然都是些便宜的菜，但英宇却吃得很香，像干了一天的体力活一样狼吞虎咽地吃着。

“我们英宇吃相都这么好，正在长身体的时候得多吃点。”妈妈不像继母一样责怪英宇吃得多，反而看着英宇这样吃很开心。

“英宇，今天开始妈妈可能要晚回来。”

“晚到什么时候啊？”

“可能会很晚，说不定得一整夜。”

“您干什么去啊？”

“马上要开学了，你得去上学。秀贞的腿还需要做手术，像现在这样的话根本不行，忙完小吃摊，我准备再去夜市里的饭店打工，之前是有秀贞没法去，不过现在有你在，我就可以抽出时间了。”

“妈妈您这样多累啊，我也要赚钱，早上我去送报纸，这个我在行。”

“什么？你连这个也做过？不行，你现在是初中生了，要是在学校里不集中精力学习，以后肯定会跟不上，你得好好学习，以后可不能像爸爸妈妈过得这么苦。”

“送报纸也不耽误学习。”

“英宇，你要是这样，一开始就不该答应你留下来。妈妈没事，你只要好好学习就行了，你照看秀贞就是在帮妈妈了。”

妈妈也不听英宇的劝说，每天弄完小吃摊还去夜市，每天清早妈妈都拖着像吸满水的海绵一样沉重的身子回到家里，也顾不上洗漱倒头就睡着了。

这样的日子持续了一个星期，英宇一直彻夜不眠地等妈妈到清晨。

结果妈妈还是病倒了。早上只眯了一小会儿，起来准备小吃摊东西的时候，妈妈突然昏了过去，被急救车送进医院后，医生说是疲劳过度造成的，必须好好休息几天。

回到家，英宇扶妈妈躺下，在一边照看着。这几天妈妈的脸色也没有好起来，英宇第一次意识到，自己来这里是不是给妈妈增加了太多的负担。

“妈，我煮了粥，您快喝点吧。”

“嗯，我这样躺着也不行啊，得去做生意……”

妈妈病成这样还是想着做生意……英宇突然有些生气，于是提高了嗓音对躺在病榻上的妈妈说道：“我不是跟您说别去夜市了吗！为什么非得做自己承受不了的活儿啊？医生也说了您得休息几天，您也跟我保证说不去了，还像从前那样，行吗？”

“那不行。”妈妈斩钉截铁地说。

“英宇，妈妈不希望你因为没有钱影响学习，你知道妈妈现在有多后悔当初没能上成学吗？你爸也是这样想的吧？妈妈现在也抓紧赚钱送你读高中，读大学，妈妈一点

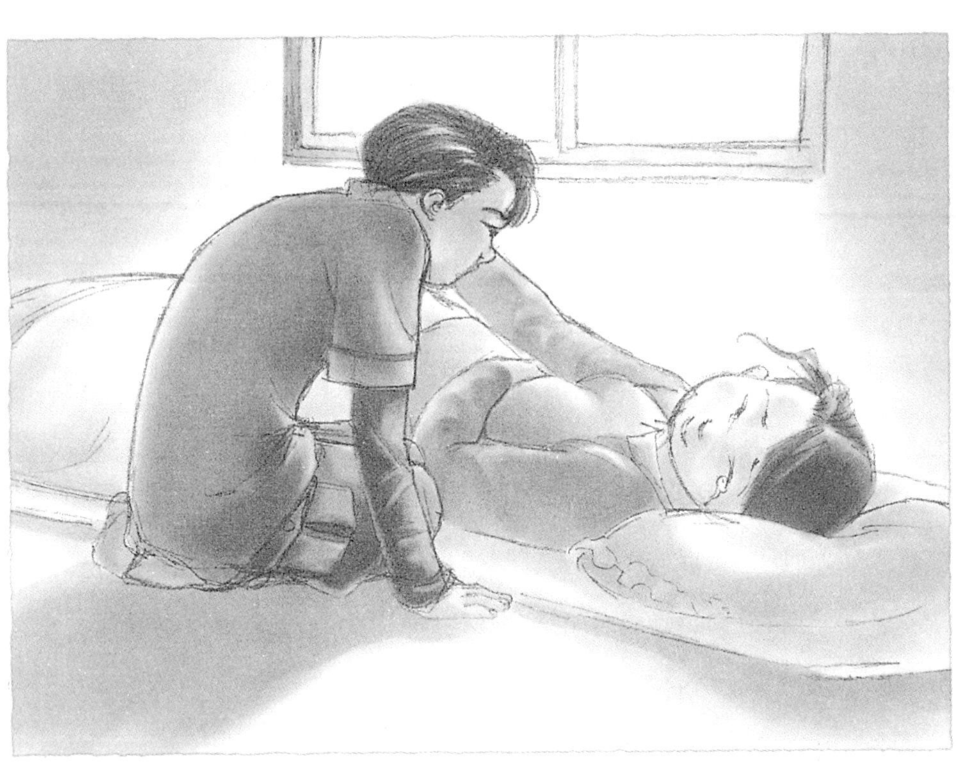

也不累，只要一想到做这些事为了培养儿子，我浑身就有使不完的劲儿。”妈妈这样笑着说，但是英宇一点都笑不出来。

第二天早上，妈妈还是早早就起床，准备着小吃摊的东西。

“妈，求求你了，别这样行不行？”

“英宇，妈妈没事，妈妈已经全好了。”

“说谎！您的脸一点血色都没有。”

“妈妈脸色原来就白，你非常担心，所以才觉得我脸色不好。”

不管英宇怎么说，都拦不住妈妈。

“妈妈，我有钱，够我们花几个月的，所以您先把身子养好吧。”

妈妈拉住拽着自己衣角的英宇的小手，抚摸着英宇的头。

“我不知道这是什么钱，不过等到你以后需要用的时候再花吧，比如交学费。”

妈妈最后还是去忙活小吃摊了。

英宇实在不愿看到妈妈每天辛苦到清早，累得无力支持而病倒在床上的样子；妈妈害怕英宇也像其他穷人家的孩子一样，高中都念不完就得去工厂上班。虽然英宇感觉自己现在已经长大了，可以为妈妈分忧，不过事实上根本不是这样，五年中所攒下的一百万块钱根本不能为妈妈解决任何问题。

英宇没有睡，等妈妈回来的同时他也想了很多，能和妈妈一起生活很好，不过因为自己的到来，妈妈比以前更辛苦了，英宇感觉自己离开妈妈是更好的选择。

明媚的星期天，妈妈好不容易在家休息一天，英宇觉得今天与妈妈和秀贞告别比较好。英宇趁妈妈不注意的时候已经把行李都收拾好了，但要回去的话始终没能说出口。一看到妈妈，英宇就张不开嘴，妈妈也肯定不愿意英宇离开，妈妈的一句挽留会彻底摧垮英宇要离开的决心。

妈妈很久才洗完衣服，晾衣绳挂满了刚刚洗好的衣服。英宇在屋里陪着秀贞玩，秀贞正在玩一个红色的气球，是市场里来买妈妈小吃的一个客人看到秀贞可爱送给她的。

“秀贞，气球好玩吗？”秀贞好像听懂了英宇的话，点了点头。

“秀贞真好啊，有这么漂亮的气球。”

“哥哥，看这个！”秀贞爬到英宇身旁，把攥着气球的手伸了出来。

“这个给我？”英宇现在也能听懂“小孩国”的话了。

“行了，哥哥不要，秀贞你拿着玩吧。”英宇不要，但秀贞非要把气球给英宇，英宇说不喜欢也没用。秀贞现在就像只小狗一样趴在地上，非得把气球给英宇。看着秀贞的样子，英宇忍不住哭了起来。秀贞连件像样的玩具都没有，好不容易有了个气球，还要送给英宇，英宇擦了擦眼泪，把气球拿了过来。

“谢谢秀贞，气球真漂亮。”英宇从书包里拿出存折和图章塞进了秀贞树枝般瘦瘦的小手里，秀贞好像把存折和印章当成了玩具，不停地在摆弄着。

“这是气球钱，气球太漂亮了，所以才给你钱。”英宇拿起书包站了起来，妈妈正在洗衣服，并没往这边看。

“秀贞，用这钱一定要把腿治好，听见了吗？”

秀贞眨着明亮的大眼睛望着英宇。

英宇悄悄地出了家门。

“妈妈，再见了……”

英宇走出大门后加快了脚步，不过没走几步，就听见背后传来妈妈的呼唤声。

“英宇！英宇！”

英宇跑了起来，肩膀上背着书包，手里抓着红色的气球……

“妈妈，我一定按您说的努力学习，等长成大人了我再回来，到那时我们一定不分开。”

跑得上气不接下气的英宇，眼泪又流了下来，眼泪在刺骨的寒风里凝固，冷风像刀子一样刺得英宇生疼。英宇边哭边跑，哭着跑着，眼前的路似乎变得更宽更亮了。